In das endzeitlich gestimmte Leben von Johanna und Achim Märtin gerät durch einen Zufall ein schwarzer zottiger Hund. Johanna, der jeder Blick in ihre Zukunft nur noch öde Zeit offenbart, fragt sich angesichts der unerschöpflichen Freude und Liebe ihres tierischen Gefährten nach den Quellen ihres eigenen Glücks, nach Sehnsüchten, Ansprüchen und Versäumnissen. Der nächste Zufall begegnet ihr in Gestalt der alten russischen Aristokratin Natalia Timofejewna, die in Mexiko nach ihrer Jugendfreundin, der berühmten und ein bißchen verrückten Künstlerin Leonora Carrington, sucht. Johanna folgt Natalias Lockruf und fliegt nach Mexiko, während Achim ratlos durch Berlin streift und zwischen den vertrauten Plätzen und Ritualen zu verstehen sucht, was Johanna zu ihrem Aufbruch bewogen und was er zu bedeuten hat und warum ein hergelaufener Hund ihr gemeinsames Leben infrage stellen konnte.

Monika Maron ist 1941 in Berlin geboren, wuchs in der DDR auf, übersiedelte 1988 in die Bundesrepublik und lebt seit 1993 wieder in Berlin. Sie veröffentlichte u. a. die Romane ›Flugasche‹, ›Die Überläuferin‹, ›Stille Zeile sechs‹, ›Animal triste‹, ›Pawels Briefe. Eine Familiengeschichte‹ und ›Endmoränen‹, außerdem mehrere Essaybände, zuletzt ›Wie ich ein Buch nicht schreiben kann und es trotzdem versuche‹. Sie wurde mit mehreren Preisen ausgezeichnet, darunter dem Kleist-Preis (1992) und dem Friedrich-Hölderlin-Preis der Stadt Bad Homburg (2003).

Einen Materialienband zu ihrem Werk hat Elke Gilson unter dem Titel ›Doch das Paradies ist verriegelt …‹ (Bd.17199) herausgegeben.

Unsere Adresse im Internet: www.fischerverlage.de

Monika Maron

Ach Glück

Roman

Fischer
Taschenbuch
Verlag

Veröffentlicht im Fischer Taschenbuch Verlag,
einem Unternehmen der S.Fischer Verlags GmbH,
Frankfurt am Main, Januar 2009

Lizenzausgabe mit Genehmigung der
S. Fischer Verlags GmbH, Frankfurt am Main
© S. Fischer Verlag GmbH, Frankfurt am Main 2007
Druck und Bindung: CPI – Clausen & Bosse, Leck
Printed in Germany
ISBN 978-3-596-17672-4

Für B.

»Fassen Sie sich ein Herz«, hatte Natalia geschrieben, »fassen Sie sich ein Herz, meine Liebe, und kommen Sie her.«

Wenn das so einfach ginge, dachte Johanna, sich ein Herz fassen; irgendein kräftiges, abenteuerlustiges Herz, das einem Vorübergehenden in der Brust schlug, fassen und für sich selbst weiterschlagen lassen.

Wessen Herz soll ich mir fassen? schrieb Johanna zurück.

Und Natalia Timofejewna: Haben Sie denn kein eigenes?

Sie war fast neunzig und spindeldürr, saß in einem Internet-Café in Mexico City und fragte Johanna, ob sie kein Herz hätte.

Am Tag darauf schrieb sie ihr: Ich komme in zwei Wochen.

Und jetzt saß sie zusammen mit dreihundert anderen Leuten in diesem monströsen Blechbehälter zehn

Kilometer über der Erde, trank Cola und kaute Erdnüsse, während sie die Flugnachrichten auf einem der Monitore verfolgte, als hielte sie es tatsächlich für normal, sich in einem fliegenden Kino fortzubewegen.

Ihre Hände waren kalt, die Finger ineinander verschränkt wie zum Gebet. Immer, wenn das Flugzeug startete, suchten ihre Finger einander, anfangs unbewusst, und nachdem sie bemerkt hatte, dass ihre Hände sich jedes Mal, wenn das Flugzeug in steiler Schräglage in den Himmel stieß, auf diese aus ihrer Kindheit stammende Demutsgeste besannen, hielt sie es für leichtsinnig, sie daran zu hindern. Wenn sie es unbedingt wollten, auch ohne ihr Zutun, half es ja vielleicht. Die Möglichkeit abzustürzen, nur weil sie ihren Händen verbot, ihrem Urbedürfnis zu folgen und sich ineinander zu verschlingen, ließ sie vor dem Experiment zurückscheuen, auch wenn sie das Ganze eigentlich für Unfug hielt.

Sie war eine ungeübte Alleinreisende. Sie war noch nie allein geflogen, immer hatte Achim neben ihr gesessen; einmal Laura, als sie ihr zum Abitur das Wochenende in London geschenkt hatten und Achim zwei Tage vorher krank geworden war.

Zum ersten Mal allein fliegen. Zum ersten Mal nach Mexiko. Im Alter verging die Zeit wahrscheinlich so schnell, weil man fast nichts mehr zum ersten Mal tat. Monatelang, jahrelang wiederholte man, was man schon tausendmal getan hatte, sodass die Monate und Jahre sich wie eine Folie über ein altes, vollkommen gleiches Muster legten und mit ihm verschmolzen, als hätte es sie gar nicht gegeben.

Jeden Morgen die gewohnte Sorte Tee oder Kaffee kochen, die einmal abonnierte Zeitung lesen, zur gleichen Zeit mit der gleichen Arbeit beginnen, am Abend die gleichen Freunde treffen oder einen alten Film sehen und sich erschrecken, weil man sich nur noch an Bruchstücke erinnern kann. So war es. Sogar, als sie plötzlich in einem anderen Staat lebten und von der Kaffeesorte bis zur Zeitung alles anders wurde und sie sogar in eine andere Wohnung in einem anderen Stadtbezirk zogen, war es nach kurzer Zeit wieder so. Sie tranken anderen Kaffee, lasen andere Zeitungen, aber wenn sie beim Frühstück einander gegenüber saßen, war es wie in all den Jahren davor, als hätten sie ihr Leben in eine andere Sprache übersetzt, in der sie nun die alten Sätze sagten. Sie klangen nur anders.

Bis vor vier Monaten war es so.

Vielleicht wäre auch ohne Bredow alles so geworden, wie es jetzt war; wer konnte das wissen. Aber fest stand, dass mit Bredow – seit sie ihn von dem Abfalleimer befreit hatte, an den ihn jemand auf dem Parkplatz an der Autobahnausfahrt Bredow gebunden hatte – die Serie von Erstmaligkeiten begonnen hat. Bredow war ihr erster Hund.

Was ist das, hatte Achim gefragt, als Johanna, schwere Taschen in beiden Händen und den Strick, mit dem man den Hund festgebunden hatte, über den Unterarm gestreift, vor der Tür stand; was ist das?

Ein Hund, hatte sie geantwortet, Riesenschnauzer und nochwas, und ging, als gäbe es dazu nicht mehr zu sagen, an Achim vorbei in die Küche. In ihrem Rücken klapperten die Krallen des Hundes leise auf dem Parkett. Dann knotete sie ihm den Strick vom Hals, stellte eine Schüssel mit Wasser neben die Tür, setzte sich auf einen Stuhl und sah dem Hund beim Trinken zu.

Ich konnte ihn doch nicht stehenlassen, sagte sie.

Achim stand in der Tür, sah abwechselnd auf den Hund und auf seine Frau. Und was soll mit ihm werden, fragte er.

Der Hund leckte die letzten Tropfen aus der Schüssel und schob sie dabei bis an die Türschwelle. Achim trat einen Schritt zurück. Du hast ja Angst, sagte Johanna und füllte noch einmal Wasser in die Schüssel.

Der Hund löffelte sich mit der Zunge geräuschvoll das Wasser in die Schnauze, setzte sich, als er endlich genug getrunken hatte, dicht neben Johannas Bein und sah Achim an, als ahnte er, dass sein Schicksal von dieser, an Größe ihn und seine Retterin überragenden Gestalt abhing.

Was soll nun mit ihm werden, fragte Achim noch einmal.

Johanna streichelte dem Hund die Stirn, verfolgte die Bewegung ihrer Hand auf dem schwarzen Fell und sagte ohne aufzusehen: Ich glaube, er bleibt.

Sie hatte bis dahin selbst nicht gewusst, was sie auf diese unvermeidliche Frage antworten würde, und hätte Achim ein bißchen weniger fordernd gefragt, hätte am Ende seines Satzes wirklich ein Fragezeichen gestanden, wäre sie seinen Bedenken vielleicht zugänglich gewesen.

Am Nachmittag kaufte sie in einem Geschäft in der Lietzenburger Straße, das ihr wegen seines Namens »Hundehütte« früher schon aufgefallen war, Leine, Halsband, zwei Näpfe aus Edelstahl, einen roten und einen gelben Vollgummiball und ein halbes Pfund Hundekeks.

Obwohl Achim zu dem Tier allmählich Vertrauen fasste, ihm ab und zu auch ein Stück Wurst oder eine joviale Redensart zuwarf, na, du alter Rabauke oder komm her, du Stinktier oder ähnliches, obwohl er gerührt war, wenn der Hund ihm den Kopf zwischen die Knie schob, um sich die Ohren streicheln zu lassen, blieb der Hund eine ungeklärte Angelegenheit, in der Achim mal eine Kampfansage, mal einen Vorwurf vermutete. Er beteiligte sich zwar an der Namenssuche, hielt aber Lauras Vorschlag, ihn nach der Autobahnabfahrt, an der Johanna ihn gefunden hatte, Bredow zu nennen, für literarisch zu belastet, was Laura, die von Willibald Alexis noch nie etwas gehört hatte, blödsinnig fand. Achim sagte, Hunde müssten Struppi, Lumpi oder Strolchi heißen. Sie nannten ihn trotzdem Bredow.

Ihr Nachbar, ein kompakter, schnurrbärtiger Mann um die fünfzig, der einen beißenden Dunst aus Deo und Schweiß verströmte, setzte seine Kopfhörer auf, und Johanna nutzte die Gelegenheit, um die Armlehne zwischen ihnen zu erobern. Seine Begleiterin tat, scheinbar absichtslos, das Gleiche, obwohl sie am Gang saß und wenigstens ihren rechten Arm frei bewegen konnte. Die beiden waren ihr wegen der Gepäckberge, die sie aufgegeben hatten, schon in Berlin aufgefallen. Zwölf Stunden bis Mexico City, und erst zwei Stunden lagen hinter ihnen. Eigentlich wollte sie Bredow mitnehmen auf die Reise. Sie hatte sich nicht vorstellen können, sich für Wochen, vielleicht sogar Monate von ihm zu trennen. Aber er war zu groß, um im Passagierraum mitzufliegen, und hätte als Gepäckstück verladen werden müssen.

Elli hatte behauptet, das würde dieser ohnehin neurotische Hund nicht überleben. Die kriegen nicht mal was zu trinken, schrie sie, und können verlorengehen wie ein Koffer. Und dann, was machst du dann?

Nimmst du ihn? fragte Johanna.

Wie denn? Warum lässt du ihn nicht bei Achim? Unmöglich.

Sie saßen im »Diener« am Savignyplatz. Johanna wäre lieber ins »M« gegangen, wo es immer ein gutes Risotto gab, aber Ellis Bereitschaft, das exaltierte Flair erfolgreicher Jungakademiker und Künstler zu ertragen, erschöpfte sich in ihrem redaktionellen Alltag, sodass, wenn Johanna den Abend nicht in einer beliebigen Bierkneipe verbringen wollte, das »Diener«, wo der Wirt Elli mit Handschlag begrüßte, als einziger Kompromiss blieb. Sie bestellten Hefeweizenbier und Bouletten, für Elli noch einen Wodka.

Hier ist wenigstens alles, wie es immer war, sagte Elli und vergewisserte sich mit einem dankbaren Blick, dass auch wirklich alle Bilder der Berühmtheiten, die hier je ein Bier getrunken hatten, noch an den tabakfarbenen, von den Ausdünstungen zweier Generationen durchtränkten Wänden hingen, die, wenn man dem Wirt glauben durfte, seit über dreißig Jahren durch keinen Pinselstrich und keinen Tropfen Farbe entweiht worden waren. Hier hatten sie sich auch zum ersten Mal wiedergesehen, nach fast fünf Jahren. Elli hatte sie morgens um drei geweckt und etwas durchs Telefon geschrien, das Johanna anfangs nicht verstand, weil nur wildes Gegröle wie aus einem Fußballstadion durch den Hörer dröhnte und weil sie, was Elli ihr mitteilen wollte, nicht für möglich hielt: Die Mauer ist auf, und »Diener«, Grolmannstraße, schrie sie. Sie brauchten zwei Stunden oder länger. Elli stand inmitten eines unüberschaubaren Menschengewühls am Tresen, ein Bier in der Hand, das sie Johanna, nachdem sie sich zueinander durchgekämpft hatten und endlich in die Arme fielen, zur Hälfte über den Mantel goss. Aus den zahllosen, im Tabaknebel wie zu einem Muster verschmolzenen Gesichtern tauchte unverhofft hier und da ein einzelnes auf, das jemandem gehörte, den Johanna einmal gekannt hatte, einem, der weggegangen war wie Elli, eines Tages verschwunden, ein paar Kilometer weiter im irdischen Jenseits hinter der Mauer, für immer. Und plötzlich waren sie wieder da, wie im Märchen, wenn der Zauber gebrochen ist und die in Steine oder Tiere Verwandelten wieder menschliche Gestalt annehmen, so standen sie plötzlich im »Diener«, umarmten, weinten, küssten, brüllten ihr Glück in die Welt und tranken Bier: der Architekt, der ihnen die Badewanne für Basekow besorgt hatte, Melanie, in die Achim einmal verliebt gewesen war, zwei Schauspieler, die sie aus dem Schallplattenverlag kannte, der Maler Korf, den sie ein paarmal bei Elli getroffen hatte, alle waren sie in dieser Nacht wieder auferstanden. Sogar Achim hatte geweint.

Es kam in letzter Zeit selten vor, dass sie so beisammen saßen, meistens telefonierten sie nur. Im Sommer kam Elli manchmal nach Basekow, aber im Winter sahen sie sich manchmal wochenlang nicht, obwohl sie nur fünfzehn Minuten Fußweg voneinander entfernt wohnten. Die Wohnung auf der anderen Seite des Parks hatte Elli ihnen vor sechs Jahren vermittelt, als einer ihrer Kollegen als Korrespondent nach Tokio versetzt wurde. Damals hatten sie sich vorgenommen, an Sonntagen große Frühstücksrunden einzuladen, ab und zu gemeinsam zu kochen, spazieren zu gehen oder ins Kino. Aber Elli war abends müde und musste am nächsten Morgen meistens früh aufstehen, an den Sonntagen hatte sie oft Redaktionsdienst oder musste zu irgendeinem Kongress fahren.

Elli kaute an ihrer Unterlippe. Irgendwie ist dein Leben komplett durcheinander, sagte sie. Erst schaffst du dir einen Hund an, dann lässt du dich als Hilfsarbeiterin von diesem Russen anheuern, und nun willst du nach Mexiko auswandern.

Ich will nicht auswandern.

Jedenfalls tust du so, sagte Elli, für zwei Wochen müsstest du doch den Hund nicht mitnehmen. Sie zupfte an dem Faden, der aus einem Knopf an der Manschette ihrer Bluse lugte, bis der Knopf auf den Tisch fiel.

Bist du in diesen Russen verliebt?

Nein. Ich bin auch nicht seine Hilfsarbeiterin, sondern tu ihm einen Gefallen, indem ich für ein paar Wochen seine Galerie bewache.

Aber du bist wirklich nicht verliebt, fragte Elli noch einmal, und Johanna beteuerte, in Igor wirklich nicht verliebt zu sein, und dass, selbst wenn sie in ihn verliebt wäre, es nichts zu bedeuten hätte, weil es sich in diesem Fall um eine vollkommen abstrakte Verliebtheit handeln würde, um eine hypothetische Variante von Verliebtheit, die absolut ungefährlich sei.

In der Liebe ist gar nichts ungefährlich, sagte Elli, worauf Johanna schwieg, weil es vollkommen sinnlos war, mit Elli über die Liebe zu streiten. Für Elli war die Liebe ein raffiniertes Instrument der Natur, um die Fortpflanzung zu sichern, jenseits der juvenilen Paarungszeit aber nichts als ein willentlich oder fahrlässig herbeigeführter Rausch, in Verlauf und Folgen dem Drogenrausch vergleichbar, was, wie Elli behauptete, an den Hirnreaktionen sogar nachweisbar sei. Seit Elli einen berühmten Hirnforscher interviewt und über ihn auch ein Porträt geschrieben hatte, kam sie in kaum einer Diskussion ohne ihr gerade erworbenes Expertentum aus, und Johanna vermutete, dass sie die Hälfte ihrer siegreich vorgetragenen Forschungstrophäen einfach erfand.

Das Lokal füllte sich allmählich. Elli bestellte noch ein Bier, Johanna einen Viertelliter Rotwein. Na, Mädels, sagte der Wirt, als er die Gläser auf den Tisch stellte; Elli ließ ihren Kopf in die Hände fallen und stöhnte: Oh Gott.

Es war ein Abend wie die meisten anderen Abende, die sie miteinander verbracht hatten. Sie sprachen über Ellis Zeitung und ihren jungen Chef, der Elli vor einigen Tagen nahegelegt hatte, sich im Urlaub für einen Englischkurs anzumelden; Johanna erzählte, dass ihre Biografie über die Gräfin Lichtenau nun vielleicht gar nicht erscheinen würde, weil niemand wusste, ob es den Verlag im nächsten Herbst noch geben würde; Elli sagte, sie brauche dringend ein neues Fenster im Bad, der Hauswirt bestünde auf einem Plastikfenster, und sie hasse Plastikfenster. Und Johanna erzählte, dass der Hund schon seit drei Wochen nicht mehr ins Auto gekotzt habe, Achim sich aber immer noch weigere, ihn mitzunehmen, wenn sie nicht dabei sei, um gegebenenfalls den Unrat zu beseitigen.

Es war eigentlich wie immer, und dann, während sie einen fast kahlen Stiel aus dem Strohblumensträußchen auf dem Tisch zog und ihn zwischen den Fingerspitzen langsam zerrieb, sagte Elli: Das hätte ich dir gar nicht zugetraut.

Johanna war ihr dankbar für diesen Satz, obwohl er sie auch hätte kränken können. Aber er bedeutete, dass Elli doch verstand, warum sie sich ihren Warnungen und Ratschlägen entzog, und dass sie dabei war, etwas zu tun, das sie, solange sie sich kannten, noch nie getan hatte, etwas, das Elli ihr gar nicht zutrauen konnte, weil sie es sich selbst nicht zugetraut hatte. Sie schmiss ihr Leben über den Haufen.

Auf dem Weg zum Auto, das auf der anderen Seite des Platzes stand, sagte Elli, sie würde sich dann irgendeine Arbeit im Zoo suchen.

Wann würdest du dir eine Arbeit im Zoo suchen?

Wenn sie mich rausschmeissen, weil ich nicht englisch kann, sagte Elli.

Die Tür ihres BMW fiel vornehm ins Schloss, als sei ihm ein Schalldämpfer einmontiert. Vor einigen Jahren, als Ellis alter Golf, den sie einem Freund für zweitausend Mark abgekauft und danach noch Jahre gefahren hatte, endgültig schrottreif war und Elli verkündete, sie wolle sich nun einen BMW anschaffen, hielten das alle für einen Scherz. Ein BMW passte zu Elli wie ein Nerzmantel zu Mutter Teresa oder ein Tutu zu Marianne Sägebrecht. Aber Elli meinte es ernst, und alle freundschaftlichen Versuche, ihr den BMW auszureden, schienen ihren Entschluss nur zu festigen. Sie wollte einen BMW, weil er nicht zu ihr passte, weil er so elegant, schön und schallgedämpft war, wie die Natur es Elli selbst versagt hatte. Dass sie jetzt, da das Alter die Grenzen zwischen Schönen und weniger Schönen, Grazilen und Plumpen allmählich unscharf werden ließ, dass sie ausgerechnet jetzt ihre

Erscheinung durch die BMW-Prothese korrigieren wollte, war eigentlich unsinnig. Aber wahrscheinlich wollte sie, wenn sie schon doppelt so alt war wie ihr Chef, nicht auch noch ein altes Auto fahren.

Am nächsten Tag rief Elli an und sagte, Johanna könne Bredow zu Hannes Strahl bringen.

Seit fast zwanzig Jahren hörte Johanna von Elli Geschichten über diesen legendären Hannes Strahl, ohne dass sie ihn ein einziges Mal getroffen hätte. Einmal wurde er zu Ellis Geburtstag erwartet, kam dann aber doch nicht, weil eines seiner Pferde krank geworden war und später sogar starb.

Elli hatte Hannes Strahl in New York kennengelernt, wohin sie, kurz nachdem sie nach Kreuzberg gezogen war, unbedingt hatte reisen wollen, aber nicht wusste, wo sie unterkommen sollte, und von einem ihrer neuen Freunde an dessen Vetter, eben diesen Hannes Strahl, vermittelt wurde, der seit zwanzig Jahren in New York lebte. Hannes und New York hingen seitdem für Elli zusammen wie für andere Menschen New York und der Time Square oder der Central Park, und Johanna war nie ganz sicher, ob Ellis Begeisterung für die Stadt von ihrer Begeisterung für Hannes Strahl überhaupt zu trennen war. Damals zog sie sogar in Erwägung, nach New York zu übersiedeln, gab diesen Plan nach kurzer Zeit aber wieder auf, weil sie, wie sie sagte, im Leben nicht mehr lernen würde, wie ein erwachsener Mensch englisch zu sprechen. Aber sie flog wenigstens jedes zweite Jahr nach New York, und immer, wenn sie zurückkam, erzählte sie neue unglaubliche Geschichten über Hannes Strahl, der sich in Ellis Beschreibungen allmählich zu einem Fabelwesen auswuchs. In den sechziger Jahren war er als junger Arzt für ein Jahr nach Kalifornien gegangen und hatte sich auf der Rückreise in New York so verliebt, dass er sich ein Leben ohne New York nicht mehr vorstellen wollte. Damals, erzählte Elli, als SoHo nicht viel mehr gewesen sei als ein Dorf, hätte er sich in einem der Häuser mit Eisenfassade für ein Spottgeld eine ganze Etage gekauft, eine leerstehende Druckerei, die von einem Rattenclan bewohnt wurde, dessen einunddreißig Mitglieder Hannes Strahl eigenhändig erschlagen hat. Von Hannes' *Loft* sprach Elli wie von einem verwunschenen Schloss, wobei ihr das Wort *Loft*, das Johanna damals von ihr zum ersten Mal gehört hatte, so selbstverständlich über die Lippen kam, als hätte es seit jeher zu ihrem Sprachschatz gehört. Hannes war Professor und arbeitete in der Genforschung und hätte eigentlich, wie Elli behauptete, Anfang der neunziger Jahre den Nobelpreis bekommen müssen, und sei nur durch Intrigen darum betrogen worden. Aber seit sie erzählt hatte, wie Hannes Strahl von einem afghanischen Prinzen, dem er das Leben gerettet hatte, ein weißes Pferd geschenkt bekam, das, sobald sein neuer Herr im Sattel saß, in wildem Galopp durchging und samt Hannes eine ganze Nacht durch die afghanische Wüste stürmte, seitdem hielt Johanna Hannes Strahl für eine der Phantasiegestalten, die Elli sich als Traum von der Liebe hin und wieder erfand, nachdem sie den leibhaftigen Zustand der Liebe zur Krankheit erklärt und aus ihrem Leben verbannt hatte.

Vor zwei Jahren, nachdem Hannes Strahl sechzig geworden war, ließ er sich seine amerikanische Pension auszahlen, verkaufte das Loft für eine Million Dollar, erwarb fünfzig Kilometer östlich von Berlin ein halbverfallenes Herrenhaus und zwanzig Hektar Land und erschuf dort, wie Elli berichtete, einen paradiesischen Ort auf Erden für sich selbst, seine Frau, sein kleines Kind, für Pferde, Schafe, Hühner, Katzen und allerlei anderes Getier. Seine erste Frau war gestorben, kurz nachdem Elli ihn kennengelernt hatte. Danach hatte er lange allein gelebt, bis eine junge Fotografin aus Schweden sich in ihn verliebte und nach kurzer Zeit in das Loft einzog.

Hannes sah genau so aus, wie Elli ihn beschrieben hatte. Wie ein kanadischer Holzfäller, hatte sie gesagt, jedenfalls so, wie sie und wahrscheinlich auch Johanna sich einen kanadischen Holzfäller vorstellten: stämmig, bärtig, ein Bauch, der aussah, als könnte man auf ihm trommeln, kariertes Hemd, meistens Stiefel.

Als sie das Auto auf einem kleinen Schotterplatz gegenüber der Feldsteinmauer parkte, die das Gehöft umschloss, stand Hannes Strahl schon im Tor, genau so, wie Elli und sie sich einen kanadischen Holzfäller vorstellten, nur ein bißchen kleiner.

Beide beteuerten, schon viel voneinander gehört zu haben, und Johanna fiel ein, dass Elli einmal gesagt hat, Hannes' Stimme klinge wie ein Mahlwerk, worunter sie sich damals nichts hatte vorstellen können.

Sie liefen über einen vom Regen ausgespülten Sandweg bis zum Waldrand, und Johanna weihte Hannes Strahl in Bredows Eigenarten ein, die für jemanden, der es mit der Hundeerziehung ernst nahm, samt und sonders Unarten waren. Wenn Sie wollen, dass er kommt, heben Sie am besten einen Stock auf, statt zu rufen, sagte sie, und wenn Sie irgendwo Rehe oder Hasen sehen, nehmen Sie ihn lieber an die Leine. Im Auto bellt er, er bellt überhaupt viel. Und er öffnet Türen, alle.

Das ist wohl Ihr erster Hund, sagte Hannes Strahl und erzählte von seinem eigenen Hund, den er in New York hatte und der nie über eine Straße gelaufen war, ohne vorher zu fragen.

Es war der erste sonnige Tag nach einer stürmischen Regenwoche. Der Wind jagte die Wolken ostwärts über den Himmel. Sie hatte die falschen Schuhe an und Mühe, auf dem glitschigen Weg nicht auszurutschen. Hannes lief fest und breitbeinig einen Schritt vor ihr, das Profil seiner Sohlen hinterließ in dem aufgeweichten Sand tiefe Spuren. Sie wusste nicht, wie sie sich Hannes Strahl als Professor in New York vorstellen sollte. Eigentlich sah er aus, als wäre er wie eins der Rapspflänzchen um sie herum direkt diesem brandenburgischen Acker entsprossen, ein Landarzt oder Tierarzt, der außer den Studienjahren sein ganzes Leben in dieser eintönigen Flussebene verbracht hatte.

Elli sagt, Sie waren dreißig Jahre in New York, sagte sie.

Dreiunddreißig, sagte Hannes.

Und dann hierher, mitten ins slawische Vorland?

Ja, das ist doch herrlich. Mit ausgestreckten Armen, als wolle er alles Land bis zum Horizont als sein eigenes markieren, drehte er sich einmal um sich selbst. Platz, so viel man will. Und Berlin, sagte er, sei nah. Seine Frau hätte darauf bestanden, dass sie da eine kleine Wohnung mieteten. Schließlich hätte sie ihre schwedische Kleinstadt verlassen, um in New York zu leben, und stattdessen hätte er sie nun in diese Einöde verschleppt.

Sein Lachen klang immer noch ungläubig ob des gelungenen Coups.

In New York alt zu werden, konnte ich mir nie vorstellen, sagte er. Hat Elli Ihnen nicht von meiner Farm erzählt, zwei Autostunden westlich von New York mit einem eigenen See und sechzehn Hektar Wald. Das war eigentlich der Ort, den ich mir für mein letztes Leben eingerichtet hatte, sagte Hannes.

Elli hatte tatsächlich öfter über die Farm gesprochen, über Pferde, die auf einem riesigen Areal frei lebten und nachts neugierig durch die Fenster des kleinen Holzhauses glotzten, und über den zarten Schinken eines Schweins, das zu seinen Lebzeiten Lilly geheißen hatte und in Hannes verliebt gewesen war.

Hatten Sie wirklich einmal ein Schwein, das in Sie verliebt war, fragte sie.

Ah, Lilly. Die stand jeden Sonnabend am Tor und hat auf mich gewartet. Das ganze Wochenende lief sie hinter mir her wie ein Hund.

Und Sie haben sie trotzdem geschlachtet?

Ja natürlich, dazu hatte ich sie doch angeschafft. In jedem Jahr haben wir ein Schwein geschlachtet, und in diesem Jahr war es Lilly. Sie hatte den zartesten Schinken von allen meinen Schweinen.

Da sie schwieg, drehte er sich nach ihr um, um sich wenigstens an ihrem stummen Protest, der ihr ins Gesicht geschrieben stand, zu erfreuen.

Ihrer Freundin hat der Schinken aber geschmeckt, sagte er.

Lilly war ja auch in Sie verliebt und nicht in Elli, sagte sie.

Lilly hatte einen fabelhaften Tod, sagte Hannes, ich habe sie im Arm gehalten, während der Nachbar sie mit einem einzigen Schlag betäubt hat. Sie war absolut glücklich und wusste überhaupt nicht, wie ihr geschah.

Vermutlich hatte er dieses Gespräch schon oft geführt und alle Argumente – die eigenen wie die der anderen – mehrfach erprobt und wartete nun gespannt darauf, ob ihr etwas Neues einfallen würde.

Sie ahnte, dass dieses Spiel nicht zu gewinnen war, und beschränkte sich auf ein zurückhaltend missbilligendes Naja, was Hannes Strahl allerdings ausreichte, um das Gespräch fortzusetzen.

Aha, sagte er, das gefällt Ihnen wohl nicht?

Liebe ist Liebe, sagte sie.

Er lachte. Ja, wenn Sie es so sehen, haben Sie natürlich recht.

Sie sah es so, wusste aber nicht, ob sie wirklich recht hatte, weil sie ihren Schinken an der Wursttheke kaufte und sich derart existentiellen Entscheidungen damit entzog.

Am Waldrand kehrten sie um und liefen den gleichen Weg zurück.

Hannes Strahl kämpfte mit Bredow um einen Ast, den er ihm geworfen hatte und den Bredow nicht wieder hergab. Hannes drehte sich um die eigene Achse, bis der Hund die Bodenhaftung verlor und Hannes den Ast losließ. Wir wollen dir doch nicht die Zähne ausbrechen, sagte er zu Bredow, der rückwärts und laut bellend vor ihm herlief.

Stimmt es, dass ein afghanischer Prinz Ihnen einmal ein weißes Pferd geschenkt hat? fragte Johanna, obwohl sie schon ahnte, dass sogar diese Geschichte keine Erfindung von Elli war, sondern eine wahre Begebenheit aus dem unerschöpflichen Leben des Hannes Strahl.

Später, beim Kaffee, fragte er, was sie in Mexiko zu tun hätte.

Eigentlich nichts, sagte sie.

Bredow lag hechelnd unter dem Tisch, eine Pfote quer über ihre Füße gebreitet und durch jedes Zucken ihrer Zehen alarmiert.

Ich muss einer alten Dame helfen, sagte sie, was gelogen war. Natalia hatte mit keinem Wort zu verstehen gegeben, dass sie ihre Hilfe brauchte.

Er fuhr vom Flughafen stadteinwärts, nicht über die Autobahn, er misstraute der Autobahn, vor allem im Berufsverkehr, und es war zwischen acht und neun Uhr am Morgen. In der Güntzelstraße, kurz bevor er in die Nassauische hätte einbiegen müssen, sah er auf die Uhr, es war fünf Minuten vor neun, um neun Uhr, glaubte er sich zu erinnern, öffnete das »Einstein«, und er fuhr weiter. Das Café war noch leer und von morgendlicher Neutralität. Noch kämpften keine schneidenden, klirrenden, sägenden, dröhnenden, polternden Stimmen um die durchdringenden Frequenzen, kein Zigarettenrauch trübte den Blick in den Garten, wo ein paar Spatzen durch die noch kahlen Äste der Bäume tobten. Er bestellte einen großen Milchkaffee und ein Stück Mohnkuchen, wählte unter den Zeitungen, die in sperrigen Holzklammern an einem Ständer hingen, eine überregionale und eine Berliner Zeitung, legte sie neben sich und schloss für einen Moment die Augen. Er kam sich seltsam vor in diesem großen leeren Raum, ein bißchen deplaciert, er fühlte sich wie jemand, der spielte, dass er allein frühstücken ging, aber es gefiel ihm. Johanna saß in einem Flugzeug nach Mexiko und er in einem Café bei Mohnkuchen und Milchkaffee. Für einen Monat, hat sie gesagt, vielleicht auch ein oder zwei Wochen länger. Bis gestern Abend hatte er sich nicht vorstellen können, dass sie wirklich abfliegen würde, verschwinden auf unbestimmte Zeit. Er hat gesehen, wie sie die große Reisetasche aus der Kammer gezerrt und ihre Kleider gepackt hat, darunter auch warme Kleidungsstücke, obwohl in Mexiko im April sommerliche Temperaturen herrschten. Aber an den Abenden sei es kalt, hat sie gesagt und ihn dabei mit einem jener merkwürdigen Blicke bedacht, die er seit einiger Zeit schon an ihr bemerkt hatte und die er, obwohl sie ein diffuses Unbehagen in ihm hinterließen, nicht versucht hatte zu ergründen, jedenfalls nicht ernsthaft genug, wie sich nun herausstellte; ein ruhiger, abwartender, zugleich herausfordernder Blick. Nachträglich glaubte er, ihn zum ersten Mal wahrgenommen zu haben, als sie den Hund anbrachte und mitteilte, dass er nun bleiben werde. Was mit dem Hund denn werden solle, hatte er gefragt. Ich glaube, er bleibt, hatte sie gesagt und dabei mit diesem Blick die Unentschlossenheit ihrer Formulierung eindringlich dementiert. Auch als sie ihm eröffnete, sie würde demnächst in der Galerie dieses

Russen arbeiten, hatte sie ihn angesehen, als wartete sie auf seinen Widerspruch, nur um zu erklären, warum er ihr gleichgültig war und an ihren Plänen nichts, gar nichts ändern würde. Sogar zuletzt, als sie sich noch einmal umdrehte, ehe sie im schmalen Durchgang zur Sicherheitskontrolle verschwand, hat sie ihn noch einmal so angesehen: was sagst du nun, hieß dieser Blick; triumphierend, ein bißchen traurig vielleicht auch.

Aber eigentlich, dachte er, eigentlich hat alles mit dem Hund angefangen.

Ich glaube, er bleibt; das war eine Kampfansage, das wusste er jetzt. Inzwischen hatte der Kampf stattgefunden. Aber woher hätte er damals wissen sollen, dass Johanna ihm den Krieg erklärte, einen stillen Krieg, Johannas Krieg eben, aber Krieg, den er verloren hatte, ohne an ihm teilzunehmen. Er wollte den Hund nicht, aber er hat nichts gegen ihn unternommen. Er hat ihn nicht vergiftet, nicht geschlagen oder getreten. Er hat ihn geduldet, sogar gefüttert und durch die Straßen geführt, wenn Johanna darum bat. Und wenn er ihm eins seiner zerfetzten und eingespeichelten Spielzeuge aufs Knie legte, hat er es ihm in eine Zimmerecke geworfen. Dem Hund war es gleichgültig, ob er es gern tat oder angewidert war. Nein, nicht der Hund, Johanna war gekränkt, wenn er seinen Ekel vor den vollgesabberten Gummibällen

und Plüschbären nicht ausreichend verbarg und
nicht voller Entzücken zusah, wie der Hund seine
Jagdgelüste dem Parkett einschrammte. Er hatte sich
darüber keine Gedanken gemacht, damals; sie hat ihren Hund, dachte er, und ich habe das Recht, ihn
nicht zu mögen. Dabei mochte er ihn sogar, jedenfalls später. Als Hund mochte er ihn, wogegen Johanna ein höheres Wesen in ihm sah, nicht einen Menschen, dafür war sie zu intelligent und hatte zu viel
Geschmack, aber ein Wesen, das von Natur aus recht
hatte, mit göttlicher Kompetenz ausgestattet. Sie bewunderte ihn, sie betete ihn an; das war vielleicht
übertrieben, aber nicht maßlos. Er hatte gehofft, Johannas Verzückung würde sich allmählich legen,
wenn der Hund erst einmal alltäglich geworden sein
würde, so alltäglich wie alles andere in ihrem Leben,
die Arbeit, ihre Tochter, er selbst. Damals, als Laura
geboren wurde, war Johanna auch für ein Jahr in ihrer Mutterschaft versunken. Ein Jahr lang hatten sie
über nichts anderes gesprochen als Lauras Trink-
und Eßgewohnheiten, Lauras Lallen, Lächeln, über
ihre Zähne, die zu früh oder zu spät kamen, nichts
auf der Welt konnte wichtiger sein als Lauras Verdau-
ung. Damals hat er befürchtet, die Frau, die er geheiratet hatte, würde nie wieder auftauchen aus den
Wonnen ihrer natürlichen Bestimmung und er würde für immer ein Fremder bleiben für dieses symbioti-

sche Wesen aus Mutter und Kind. Aber nachdem Johanna sich allmählich davon überzeugt hatte, dass Laura auch dann wuchs und atmete, wenn sie ihr nicht ständig dabei zusah, kam sie selbst wieder zum Vorschein, obwohl Achims Mutmaßung, von etwas Bestimmtem, das die beiden verband, ausgeschlossen zu bleiben, sich bestätigte. Vielleicht wäre es mit einem Jungen anders gewesen, aber Laura war nun einmal ein Mädchen.

Jedenfalls glaubte er, dass Johanna aus ihrem Hundewahn erwachen würde wie damals aus ihrem Mutterschaftsrausch, und wartete ab. Aber während Johannas Verhalten nach Lauras Geburt von Hormonen beherrscht wurde, entschied sie über ihren Umgang mit dem Hund selbst, und somit konnte er nicht hoffen, dass die Sache sich allein durch gesetzmäßige Abläufe in Johannas Körper erledigen würde. Es hatte sich auch nicht erledigt, gar nichts hatte sich erledigt. Johanna flog nach Mexiko, derweil er bei Milchkaffee und Mohnkuchen im Café saß.

Während Achim darauf gewartet hatte, dass der Hund sein göttliches Wesen verlieren und sich auch in Johannas Augen wieder in einen Hund verwandeln würde, braute sich hinter seinem Rücken etwas zusammen. Nein, nicht hinter seinem Rücken, eigentlich vor seinen Augen. Und was er nicht sehen konnte, erzählte ihm Johanna, absonderliche Geschichten von den nächtlichen Spaziergängen, die sie mit dem Hund unternahm, oder aus der Galerie, in der sie tagelang mitsamt dem Hund saß und nichts tat, oder von der verrückten alten Russin, die sich eines Tages aufgemacht hatte, um in Mexiko nach einer anderen Verrückten zu suchen. Und immer hängte sie ihren Erzählungen diesen Blick an, dieses: was sagst du nun? Er wusste nicht mehr, was er damals über diesen Blick gedacht hat, er konnte sich nicht einmal genau erinnern, ab wann er ihm aufgefallen war. Inzwischen kam es ihm vor, als hätte sie ihn das ganze letzte Jahr oder sogar noch länger so angesehen; wenn er sich ihr Gesicht vorstellte, dann nur so, mit diesem Blick, nicht erwartungsvoll, das nicht, eher abwartend oder gespannt und geduldig wie jemand, der einen Countdown zählt: five, four, three, two, one, zero. Und während all dieser Zeit lag der Hund, schwarz und kleinstmöglich zusammengerollt, fast unsichtbar auf dem schwarzen Ledersofa wie ein hundgewordener Flaschengeist oder Alien, was schließlich nichts anderes war als ein moderner Flaschengeist, lag schwarz auf dem schwarzen Ledersofa, öffnete nur ab und zu die Augen, sodass das Weiße darin aufleuchtete, um das Ausmaß der Verwirrung zu kontrollieren, die er angezettelt hatte. Nein, nein, nein, der Hund war ein Hund, kein Gott, kein Flaschengeist, kein Alien, sondern nichts als ein Hund, ein über Jahrtausende do-

32

mestizierter Wolf, vielleicht sogar der beste Freund des Menschen, aber ein Hund. Trotzdem hat mit diesem Hund alles angefangen. Im Frühjahr hatte Johanna mit ihren Nachtwanderungen begonnen. Wenigstens zweimal in der Woche zog sie kurz vor Mitternacht mit dem Hund los und kam erst nach zwei, manchmal sogar drei Stunden wieder.

Früher, sagte Johanna, sehr viel früher, als sie ihn noch nicht gekannt und Laura noch nicht geboren hatte, als sie noch kein Auto hatte und kein Geld für Taxen, als sie noch bei ihren Eltern wohnte und später in dieser Bruchbude in der Metzer Straße, früher sei sie oft allein durch die Stadt gezogen, wenn sie von einem Fest kam oder mitten in der Nacht jemanden besuchen wollte, der dann aber nicht zu Hause war. Sie erinnere sich genau an das triumphale Gefühl, in das die tiefstille, menschenverlassene Stadt sie hatte versetzen können, wenn sie sich vorgestellt hatte, alle Menschen wären gestorben oder geflohen und alle Häuser und Straßen gehörten nun ihr; sie, Johanna, hätte die Stadt erobert, kampflos, durch bloßes Dasein, weil irgendein Spuk, der alle anderen dahingerafft hatte, sie nicht betraf. Die Stadt gehörte ihr, ihr allein. Sie könne nicht mehr sagen, ob sie sich damals wirklich nicht gefürchtet oder ob die Angst dazugehört hatte, weil sie erobert werden musste wie die Einsamkeit. Wer einsam war und für seine Angst ganz allein zuständig, war erwachsen. Später, als ihr Erwachsensein nicht mehr angezweifelt werden konnte, hätte sie ihre Kampfansage an die Stadt wohl zurückgezogen. Einsame nächtliche Wege hätte sie nur noch auf sich genommen, wenn sie unvermeidlich waren, und erleuchtete Fenster hätten sie eher beruhigt, als dass sie dahinter überlebende Feinde imaginiert hätte.

Er fand ihre Erzählung reichlich pathetisch; eine Zeile von Kleist aus dieser dröhnenden Germania-Ode fiel ihm ein: ... *nicht der Mond, der, in den Städten, / aus den öden Fenstern blinkt...*

Dabei, sagte Johanna, und das merke sie erst jetzt, hätten ihr diese Spaziergänge in all den Jahren gefehlt, ohne dass sie es genau so hätte sagen können: mir fehlen die nächtlichen Spaziergänge, aber die Empfindungen, die sie in ihr auslösten, hätte sie vermisst, einen gewissen hochmütigen Abstand zur Welt, wenn fast alle Menschen sich wie die Tiere in ihre Höhlen zurückgezogen hätten und schliefen oder ihren Geschlechtstrieb auslebten, wenn die Stadt so stumm und farblos war, dass sie sich einbilden konnte, sie ließe sich neu erfinden, und wenn die Straßen sich wie Skelettknochen vor ihr ausbreiteten, ohne Fleisch und Blut, fühle sie einfach anders, unabhängiger, kühler. Und diese wiedergewonnene Freiheit, sagte Johanna, verdanke sie nur dem Hund.

Ihr Blick, den sie dem Satz anfügte wie ein Frage- oder Ausrufungszeichen, verlangte nach einer Antwort und ließ gleichermaßen keine zu. Dem Hund verdankte sie also die Freiheit, zu der er ihr nicht verhalf, weil er nachts nicht mit ihr spazieren gehen wollte, sondern lieber am Schreibtisch saß, der Welt den Rücken zugewandt, wie Johanna meinte. Er hielt ihren unausgesprochenen Vorwurf für unlogisch, denn in seiner Begleitung wäre sie nicht allein gewesen, sodass sie sich ihren erhabenen Einsamkeitsphantasien gar nicht hätte hingeben können.

Allerdings hat er damals, nachdem er sich mit der Anwesenheit des Hundes einmal abgefunden hatte, wenig Gedanken verwendet auf Johannas neue Gewohnheiten. Er nahm nur dankbar zur Kenntnis, wie allmählich die Unzufriedenheit, ja, Misslaunigkeit von ihr abfiel, die in der letzten Zeit zu ihrem auffälligsten Wesensmerkmal geworden war und die Achim ihrem schwierigen Alter zugeschrieben hatte. Plötzlich hörte er sie wieder aus dem Hintergrund der Wohnung lachen, unvermittelt und übermütig, wie früher, wenn sie mit Elli oder einer anderen Freundin, manchmal auch mit Laura, telefonierte und wovon zuletzt nur ein Raunen und Wispern geblieben war, das in ihm immer den Verdacht genährt hatte, es gälte ihm; er sollte nicht hören, was da gesprochen wurde, weil er der Gegenstand des Geraunes war, auf jeden Fall als Mitwisser unerwünscht. Sobald er in Johannas Nähe kam, verließ sie, als wollte sie ihn mit ihrem Gerede nicht stören, den Raum und wanderte mit dem Telefon durch die Wohnung.

Mit dem Hund lachte Johanna wieder, sie gurrte und scherzte, rief laut: bravo, Bredow! und klatschte in die Hände, wenn der Hund irgendeine Intelligenzaufgabe, die Johanna sich ausgedacht hatte, gelöst oder ein neues Wort gelernt hatte. Nichts erheiterte sie mehr als der Hund. Wochenlang las sie nur Bücher über Hunde. Sie warf die Kunstbände aus ihrem Bücherregal und ersetzte sie durch eine Hunde-Bibliothek. Die Kunstbände stellte sie mit der Bitte, sie irgendwie unterzubringen, in sein Zimmer. Abends, wenn Johanna auf dem Sofa lag und las oder einen dieser Serienkrimis sah, was sie seit einiger Zeit häufig tat, rollte sich der Hund in ihre Kniekehlen und legte seine feuchte Schnauze auf ihren Oberschenkel. Als Achim einmal bemerkte, er hielte das Verhältnis zwischen dem Hund und ihr für obszön, sagte Johanna, das läge an ihm, weil er glaube, der Hund sei ein Mann. Der Hund sei aber kein Mann, sondern, wenn er ihn überhaupt mit einem Menschen vergleichen wolle, ein Kind; und an einem Kind in ihren Kniekehlen sei absolut nichts obszön.

In Achims Augen blieb der Hund in Johannas Kniekehlen obszön. Er vermied es hinzusehen, wenn er an

dem schwarzverknäulten Paar vorbei an das Bücherregal gehen musste oder eine Zeitung suchte. Er
konnte sich an diesen Anblick nicht gewöhnen, im
Gegenteil, sein Widerwillen steigerte sich zum Ekel,
insbesondere wenn der Hund, die Hinterbeine weit
gespreizt, sich auf dem Rücken wälzte, seine schwarz-
behaarten Geschlechtsteile animalisch ungeniert darbot und Johanna ihm die vorgereckte Brust kraulte,
während der Hund gurgelnde, orgiastische Geräusche ausstieß und dabei seinen Rachen krokodils-
gleich aufriss, sodass man den gekerbten graphit-
schwarzen Gaumen sehen konnte.

Er schob die letzten Krümel des Mohnkuchens mit
dem Zeigefinger auf den Löffel, überlegte, ob er einen zweiten bestellen sollte oder vielleicht lieber Spie-
geleier wie die karamellhäutige Schönheit vom Tisch
gegenüber, die so anmutig die kleinen Eiweißläpp-
chen zwischen ihre rosigen Lippen schob, als würde
sie dabei für eine Hühnerei-Reklame gefilmt. Er entschied sich für Spiegelei mit Toast und einen zweiten
Milchkaffee, griff nach der lokalen Zeitung, setzte
aber die Brille nicht auf, sodass er nur die Überschrif-
ten lesen konnte, die nicht mehr sagten, als er schon
wusste: Die Opposition blockierte die Reform, und
die Friedensbemühungen im Nahen Osten verspra-
chen immer noch keinen Erfolg. Die Schönheit vom
Tisch gegenüber beschäftigte sich misslaunig mit ih-

rem Telefon. Vermutlich hatte jemand sie versetzt oder verspätete sich. Er fragte sich, ob sie sich, für den Fall, dass er sich darum bemühte, für ihn interessieren könnte. Sie war höchstens fünfunddreißig, wahrscheinlich jünger. Johanna verachtete Männer, deren sexuelle Leidenschaft sich nur noch an der Generation ihrer Töchter entzünden konnte, sie hielt sie für Verräter mit inzestuösen Phantasien. Sobald sie von einem fünfzigjährigen Mann hörte, der seine fünfzigjährige Frau verlassen hatte, um mit einer Dreißigjährigen ein Kind zu zeugen, zählte sie die Namen einiger ihrer Freundinnen auf, die sie samt und sonders für klug und schön erklärte und die alle, seit sie die Fünfzig überschritten hätten, meistens aber schon früher, allein lebten, weil sie in den Augen gleichaltriger Männer auf den erotischen Abfallhaufen gehörten. Eine wortgleiche Suada, seit Jahren, nur der Ton, in dem Johanna sie vortrug, war mit der Zeit schärfer geworden, als hätte Achim sie verlassen oder als erwartete sie, dass er sie verlassen würde. Manchmal gab er ihr recht, manchmal schwieg er, manchmal wiegelte er ab, was insofern gleichgültig war, als Johannas Empörung durch seine Antworten vollkommen unbeeinflusst blieb. Einmal, sie hatten schon den Hund, einmal sagte sie, ohne Achim anzusehen, weil sie gerade Geschirr in den Schrank stellte: es geht um Liebe. Er wusste nicht mehr, ob er ihr darauf etwas geantwortet hat. Und hätte sie diese vier Worte nicht wiederholt, wohl weil sie glaubte, sie seien im Geklapper des Porzellans untergegangen, wäre ihm die Situation wahrscheinlich gar nicht im Gedächtnis geblieben. Es geht um Liebe; dieser dürftige Satz, durch die Wiederholung mit Pathos aufgeladen, ließ eine Antwort auch nicht zu, so wenig wie eine allgemeine Klage über den Tod oder das Alter eine Antwort zugelassen hätte. Vielleicht hatte er auch etwas geantwortet: natürlich um Liebe, was sonst, wird er vielleicht gesagt haben; oder etwas Ähnliches. Seit fast dreißig Jahren war er mit Johanna verheiratet. Die Zeit, in der Gedanken an Trennung zwischen ihnen eine Rolle gespielt hatten, lag gewiss fünfzehn oder sogar zwanzig Jahre zurück. Es geht um Liebe. Was war das anderes als Liebe. Er konnte in Johanna immer noch das Mädchen erkennen, als das er sie zum ersten Mal gesehen hatte. Sie war schon fünfundzwanzig und sah aus wie ein ernstes Kind, was in reizendem Widerspruch zu ihrer Verkleidung stand. Sie trug ein lose gestricktes, sehr enges, bis zum Brustansatz ausgeschnittenes graues Kleid, das gleichermaßen altmodisch und frivol wirkte, dazu einen großen, mit Blumen dekorierten Hut und schwarze Schnürstiefel. Das war beim Fasching in der Kunsthochschule. Johanna lehnte, geschützt vor der sich wild durch Gänge und Treppenhaus wälzenden Menschenmasse, in einer Fensternische, als suchte oder erwartete sie jemanden. Er lebte erst seit ein paar Monaten in Berlin, wo er eine Doktorandenstelle an der Humboldt-Universität erjagt hatte, und kannte außer seinen Kollegen kaum jemanden. Die Karte für den Fasching hatte ihm ein Romanist verkauft, von dem er später erfuhr, dass er schwul war. Johanna studierte Germanistik, und er musste ihr eigentlich schon im Institut begegnet sein, hatte sie aber anscheinend übersehen, anderenfalls hätte er ihr Lächeln nicht als Aufforderung verstanden, sie anzusprechen, und das ganze Leben wäre vielleicht anders verlaufen. Er war damals verlobt mit Sabine, die wie er aus Stralsund stammte, auch in Greifswald studiert hatte und zu der Zeit als Assistenzärztin in Pasewalk arbeitete. Johanna wohnte mit einem Jörg in einer Ladenwohnung im Prenzlauer Berg. Er entlobte sich von Sabine, Johanna fand eine baupolizeilich gesperrte Mansarde mit Außenklo, in die sie gemeinsam einzogen, ein Zimmer, Kammer und Küche. Ein halbes Jahr später machte Johanna das Examen, ein Jahr danach heirateten sie, und noch ein Jahr später wurde Laura geboren.

An Bilder dieser Zeit erinnerte er sich genau, Johanna in ihrem engen, vom Knie abwärts glockig fallenden Strickkleid, das roséfarbene, mit Kirschen gemischte Blumenbüschel an ihrem schwarzen Hut; oder Johanna, die fast körperlos unter einem viel zu

40

weiten Pullover, eine Zigarette zwischen den Fingern, am weißen Kachelofen in der Mansarde lehnt. Die Bilder sah er deutlich; von den Gefühlen wusste er nur. Er hätte sie benennen können, so wie er von einem vergangenen Schmerz sagen konnte, dass er stechend, erträglich oder überwältigend gewesen war. Aber er konnte sie nicht nachfühlen, er wusste nicht einmal zu sagen, ob sie stärker oder schwächer waren als spätere Gefühle. Er wusste aber, dass er, seit er Johanna kannte, sich in Berlin heimisch fühlte und sich nichts anderes vorstellen wollte als ein Leben mit Johanna und dass er, wenn auch nicht ohne Skrupel, zu unvermuteter Grausamkeit gegenüber Sabine imstande war.

Es geht um Liebe. Natürlich, von Anfang an ging es um Liebe. Und plötzlich sprach Johanna von Liebe wie von einer Schwangerschaft, die er, ein Mann, niemals nachempfinden könne. Vielleicht hat es gar nicht mit dem Hund angefangen, sondern mit diesem Russen, von dem er überhaupt nicht wusste, dass sie ihn kannte; bis zu der Silvesterfeier bei Karoline Winter. Er war überrascht, dass Johanna bei Karoline feiern wollte und nicht, wie in jedem Jahr, bei Barbara und Richard. Dieses kollektive Altern deprimiere sie, sagte sie, jedes Jahr die gleichen Gesichter, nur ein bißchen faltiger. Beim letzten Mal sei nur über berufliche Abstiege, Krankheiten, Todesfälle und zu erwartende Todesfälle gesprochen worden. Bestenfalls werde die Geburt einiger Enkelkinder vermeldet. Nicht einmal Scheidungskatastrophen gäben noch interessanten Gesprächsstoff her, weil sogar diese Gefahren schon hinter ihnen lägen.

Karoline wohnte in einem dieser Charlottenburger Wohnpaläste, sechs oder sieben Zimmer, erlesen möbliert, an den Wänden ihre eigenen, aber auch fremde Bilder, geerbt oder mit Kunstverstand gesammelt. An der Tür nahm ihnen ein Mädchen die Mäntel ab. Aus den Zimmern drang wildes Stimmengewirr. Eine Weile standen sie unschlüssig im Flur, Johanna zupfte an ihrem Kleid, das sie eigens für ihren Auftritt bei Karoline gekauft hatte. Am Tag zuvor hatte sie wenigstens eine Stunde damit zugebracht, ihre Robe für diesen Abend auszuwählen, und am Ende entschieden, dass keines ihrer Kleidungsstücke den Ansprüchen einer Silvesterfeier bei Karoline standhielt. Umso weniger verstand er, warum es sie in eine Gesellschaft drängte, für die sie nicht einmal ein passendes Kleid besaß. Endlich stürzte Karoline in den Flur, umarmte Achim, küsste Johanna und sagte: Igor hat schon nach dir gefragt.

Wer ist Igor, flüsterte er Johanna ins Ohr, und Johanna antwortete laut: Der Wiedergänger von Majakowski, habe ich dir doch erzählt. Er wusste genau, dass sie den Namen bis dahin nie erwähnt hatte und er ihn in dieser Minute zum ersten Mal von ihr hörte. Ehe er noch etwas fragen konnte, stand Igor schon zwischen ihnen, küsste Johanna die Hand und drückte Achims; unverkennbar Majakowskis Wiedergänger, kahler Schädel, weißes Hemd, schwarze Weste und sicher ein Meter neunzig groß.

Igor ist Galerist, für moderne russische Kunst, ein Freund von Karoline und der arroganteste Russe, den ich kenne, sagte Johanna.

Vor allem, sagte Igor, bin ich ein Bewunderer Ihrer Frau, die mich mitten in der norddeutschen Wildnis von meinem slawischen Barbarentum kurieren wollte.

Wenn er sich die Szene heute ins Gedächtnis rief, sah er, dass Johanna errötete. Schon wenn Igor ihr die Hand küsste, überzog ein rosiger Schatten ihr Gesicht. Damals hatte er das nicht bemerkt, aber inzwischen hielt er es für unmöglich, dass sie nicht errötet war. Falls er an diesem Abend schon geahnt haben sollte, dass sie nur dieses Russen wegen bei Karoline Silvester feiern mussten und Johanna nur seinetwegen ein neues Kleid brauchte, hatte er es nicht bis in sein Bewusstsein dringen lassen. Er wusste nicht, warum Johanna sie in diese Ansammlung fremder Menschen geschleppt hatte. Er kannte fast niemanden, höchstens fünf oder sechs Gesichter glaubte er auf einem von Karolines ländlichen Sommerfesten schon

43

gesehen zu haben, ohne sie aber einer Person zuordnen zu können. Der Russe und Johanna waren in dem Menschengewühl untergetaucht, er widmete sich den Bildern an den Wänden und kam darüber mit einem Mann ins Gespräch, der sich als Kurator eines Museums in Braunschweig oder Hannover vorstellte. Entweder fühlte er sich ähnlich fremd oder konnte nur schlecht stehen, jedenfalls schlug er Achim vor, in einem abgelegenen Zimmer nach einer Sitzgelegenheit zu suchen, um ungestört über Malerei und andere Belange der Kunst zu plaudern. Er sei kein Mann für große Gesellschaften, sagte er, und er hätte den Eindruck, es ginge Achim ähnlich. Sein Name war Müller-Blume, und eigentlich war er seit zwei Jahren schon nicht mehr Kurator, sondern Pensionär und schrieb nun, teils aus Leidenschaft, teils aus Gewohnheit, Aufsätze für Fachzeitschriften und hielt Vorträge, wo immer man ihn darum bat. Sie saßen in einem kleinen, sparsam eingerichteten Raum, der offenbar als Gästezimmer diente, Müller-Blume in einem Lehnstuhl, Achim auf dem Bett. Achim zündete sich eine Pfeife an. Er hätte sich das Rauchen schon vor fünf Jahren abgewöhnt; das Herz, sagte Müller-Blume. Er war ein nicht sehr großer, stämmiger, aber nicht dicker Mann mit einem fast femininen Gesicht, die weichen Wangen von bläulichen Äderchen durchzogen, das weiße Haar korrekt gescheitelt.

Ja, so ist das, sagte er, da glaubt man, die Welt könnte Rembrandt oder Picasso vergessen, wenn man nicht tagtäglich als Diener der Kunst dagegen ankämpft, und dann stellt sich heraus, dass es ohne einen genauso gut geht, vielleicht sogar besser. Aber man trabt weiter wie ein alter Gaul. Ein anderes Leben habe ich nicht gelernt. Früher, als Studenten, haben wir nächtelang in Gasthäusern gesessen. Ich wüsste nicht einmal mehr, mit wem ich jetzt noch dahin gehen sollte, die einen sind tot, die anderen krank, den Rest hat man aus den Augen verloren.

Die ganze Zeit lächelte er, resigniert oder verlegen, als müsse er sich entschuldigen für so intime Mitteilungen.

Freundschaft, sagte er, Freundschaft ist wichtig, vielleicht das Wichtigste. Aber das versteht man erst, wenn es zu spät ist. Ich jedenfalls habe es erst verstanden, als es zu spät war. Vermutlich hätte sich auch Ihr Kleist nicht umbringen müssen, wenn er einen Freund gehabt hätte. Haben Sie Freunde?

Ja. Ja, ich habe Freunde, sagte Achim, ohne zu überlegen.

Und jetzt, noch nicht einmal vier Monate später, könnte er diese Frage nicht mehr beantworten. Vielleicht hatte er Freunde, vielleicht war Richard sein Freund. Sie hatten Freunde, Johanna und er. Ob er auch ohne Johanna Freunde hätte, jedenfalls in dem

Sinne, der Müller-Blume wohl vorschwebte, erschien ihm zweifelhaft.

Müller-Blume nahm einen kräftigen Schluck von seinem Rotwein, wobei ein Tropfen in der tiefen Falte neben seinem rechten Mundwinkel versickerte und eine dünne, krustige Spur hinterließ. Er gab ein kleines schmatzendes »Tja« von sich, ein Seufzer oder der verzagte Auftakt einer Mitteilung. Es ist schon seltsam, sagte er, wie das Leben uns täuscht, indem es uns in die Gespinste unseres Ehrgeizes verstrickt und uns erst, wenn das Spiel vorbei ist, erkennen lässt, dass es darum gar nicht ging.

Achim war in den letzten Minuten des alten Jahres nicht nach den späten Lebenseinsichten eines enttäuschten Kunstbeamten zumute, er verweigerte die Frage, worum es denn in Wahrheit ginge, und schlug statt dessen vor, sich wieder unter die übrige Gesellschaft zu mischen, zumal seine Frau ihn sicher schon vermissen würde.

Unter den Gästen breitete sich die alljährliche, fünfzehn Minuten vor zwölf einsetzende Nervosität aus. Die Sektgläser wurden abgezählt und bereitgestellt, Flaschen geöffnet, auf dem Balkon steckten einige Männer Raketen in leere Weinflaschen, das Radio wurde angeschaltet, um den entscheidenden Glockenschlag nicht zu verpassen, Paare suchten einander, eine Frau in einer rotseidenen Jacke verteilte

Wunderkerzen. Müller-Blume blieb an Achims Seite und räsonierte über die unsinnige Freude an der Vergänglichkeit. Den kahlen Schädel des Russen entdeckte Achim zuerst, Johanna stand dicht neben ihm in der Nähe der Balkontür, vor der sich schon die Pyromanen drängten.

Hatte er damals wirklich gesehen, was er jetzt sah? Hatte er wirklich gesehen, dass Igor seinen Arm um Johannas Schulter legte? Er hatte die Brille nicht auf, vielleicht hatte Igor sich mit dem Arm auch nur gegen den Türrahmen gestützt. Was aber, gesetzt den Fall, Igor hatte seinen Arm wirklich um Johanna gelegt, hatte er bei diesem Anblick gedacht? Nichts, jedenfalls konnte er sich nicht erinnern, etwas gedacht zu haben. Vielleicht hatte er es wirklich gesehen und nichts gedacht, weil es keinen Grund gab, etwas zu denken. Er legte seinen Arm auch manchmal um die Schulter einer Frau, freundschaftlich oder sogar als Zitat eines früheren Begehrens. Vielleicht hätte er vor zwanzig Jahren etwas gedacht. Irgendwann hatte er es nicht mehr für möglich gehalten, dass Johanna ihn verlassen könnte. Wann eigentlich? Vor zwanzig Jahren war Johanna vierunddreißig. Vor zehn Jahren vielleicht oder vor neun. Ungeachtet dessen, dass Johanna in ihrem Temperament eher ein Käthchen von Heilbronn als eine Penthesilea und somit die Gefahr, sie könnte ihm die Ehe um einer neuen Leiden-

47

schaft willen eines Tages einfach aufkündigen, eher unwahrscheinlich war, ungeachtet dessen hielt er seit einigen Jahren die Möglichkeit, ein anderer Mann könnte in ihr die Verkörperung seiner Sehnsüchte erkennen, für ziemlich gering. Nicht weil sie besonders faltig oder gar unförmig geworden wäre, im Gegenteil, sie war schlank und wirkte, gemessen an ihrem Alter, fast noch jung. Aber er glaubte nicht, dass Johanna, sähe er sie jetzt zum ersten Mal, ein erotisches Verlangen in ihm erregt hätte. Er konnte sich nicht vorstellen, dass sie in einem Mann, der sie nicht vor zwanzig oder dreißig Jahren gekannt hatte, ein Gefühl der Rührung hätte wecken können. Sie wirkte eher sachlich und nüchtern, vielleicht sogar abweisend. Und wer, außer ihm, konnte in ihr noch das Mädchen in der Faschingsverkleidung erkennen, das allein in einer Fensternische lehnt? Offenbar der Russe, der seinen Arm um sie gelegt hatte und dabei ihren Körper jugendlich biegsam erscheinen ließ, so jedenfalls sah er das jetzt: Johanna in ihrem neuen Kleid (das teuerste, das sie je gekauft hat, sagte sie), schmal und schwarz im Arm des Russen. Und er hatte sich nichts gedacht.

Eine Woche später erzählte sie beim Abendessen, dass Igor am Silvesterabend gefragt hätte, ob sie ihn für zwei oder drei Wochen in der Galerie vertreten wolle, weil er dringend nach Russland reisen müsse und die Studentin, die ihn für gewöhnlich in solchen Fällen vertrete, mitten im Examen stecke.

Kannst du das denn, fragte Achim.

Dafür muss ich nichts können, sagt Igor. Nur die Galerie bewachen, möglichen Käufern, mit denen aber nicht zu rechnen ist, Tee aus dem Samowar anbieten, die Post abnehmen und in unvorhergesehenen Fällen Igor anrufen.

Und der Hund, fragte er.

Den nehme ich mit, sagte Johanna.

Johanna hatte kurz vor Weihnachten ihre letzte Arbeit über Wilhelmine Enke dem Verlag abgeliefert und, soviel er wusste, keinen nennenswerten neuen Auftrag. Warum hätte sie nicht für zwei oder drei Wochen in Igors Galerie aushelfen sollen? Aber war es überhaupt von Belang, ob Johannas seltsame Verwandlung mit dem Hund oder mit dem Russen begonnen hatte? Vermutlich hatten beide, Russe und Hund, in ihr Leben nur einbrechen können, weil Johanna auf sie gewartet hatte, auf sie oder andere, die geeignet gewesen wären, ihr gewohntes Leben auf den Kopf zu stellen.

Die Schönheit gegenüber gab auf. Mit einem gereizten Zug um den Mund verlangte sie nach der Rechnung, als träfe die Kellnerin eine Schuld, dass sie ver-

setzt worden war. Am Tisch neben ihm saß inzwischen
ein junges Paar, das augenscheinlich die Nacht miteinander verbracht hatte. Sie verknoteten ihre Finger
ineinander und tauschten dazu Blicke, die ihre Hände in Arme und Beine verwandelten und ihre züchti-
gen Berührungen in heimliches, ganz unzüchtiges
Treiben. Er fühlte sich gestört. Diese alltägliche sexuelle Ungeniertheit löste misanthropische Anfälle in
ihm aus. Plötzlich störte ihn alles, das gellende Ge-
schepper von massakriertem Porzellan, das aus der
Küche drang, besonders wenn die Kellner der
Schwingtür einen Fußtritt versetzten, sodass sie sich
bis zum Anschlag öffnete; das, wie er fand, geile Gelächter einer Frau irgendwo in seinem Rücken störte
ihn, ein kokettes, gieriges Signallachen, das eine bestimmte Sorte Frauen nur für Männer lachte. Es störte ihn überhaupt, dass er völlig absichtslos unter
fremden Menschen in diesem Café saß, das sich inzwischen, es war kurz vor elf, zur Hälfte gefüllt hatte. Warum saß er eigentlich hier und nicht zu Hause an seinem Schreibtisch, wo er hingehörte. Was war denn
schon passiert? Seine Frau war verreist; das hob die
Welt nicht aus den Angeln.

Sie hatte sich nur eine Haarsträhne aus der Stirn gestrichen, und schon hatte ihr schnauzbärtiger Nachbar die Armlehne wieder okkupiert, die seiner Begleiterin auch. Die drallen Schenkel weit gespreizt, beide Ellenbogen aufgestützt, die Rückenlehne so weit wie möglich nach hinten gestellt, blätterte er im Bordmagazin. Als er mit dem Heft ihren Arm streifte, lächelte er sie an und sagte: Perdón, nach einer Sekunde: Entschul-di-gung. Sie lächelte zurück. Plötzlich wurden sie durchgeschüttelt, als wäre das Flugzeug auf die alte Dorfstraße zwischen Basekow und Mühlenthal geraten. Neben dem Piktogramm mit dem Zigarettenverbot leuchtete das Anschnallgebot auf. Bredows schwarzes Hundegesicht tauchte vor ihr auf, hechelnd, die Ohren flachgelegt, geduckt und schlotternd hinter dem Metallgitter eines engen Plastikbehälters. Vielleicht wäre Bredow, genetisch gegen die Schrecknisse des Fliegens überhaupt nicht gewappnet, ja schon jetzt, in diesen Minuten gestorben. Sie stellte sich vor, wie ein dicker Mexikaner ihr am Flug-

hafen in Mexico City mit einem bedauernden Achsel-
zucken Bredows starren Kadaver übergab. Ein heißes
Würgen stieg ihr vom Hals bis in die Augen, und sie
dankte Elli und Hannes Strahl, dass sie ihnen, Bredow und ihr, dieses Martyrium erspart hatten.

Mit dem rechten Fuß angelte sie nach dem Riemen
ihrer Handtasche unter dem Vordersitz und zog ihn
bis in Greifnähe ihrer rechten Hand, wobei sie mehrfach mit dem Knie ihres Nachbarn kollidierte, nahm
das Kuvert mit Natalias Briefen aus der Tasche und
schob sie wieder unter den Sitz.

Sie kannte Natalia Timofejewna nur aus Igors Be-
schreibungen und ihrer einige Wochen währenden
Korrespondenz. Und ihre eindrückliche sepiabraune
Schrift kannte sie aus einem Brief, den Igor ihr ge-
zeigt hatte, als sie ihn kurz vor Weihnachten in seiner
Galerie besuchte.

Zu Achim hatte sie gesagt, sie müsse noch einige Ge-
schenke besorgen, was sie auch wirklich vorhatte. Aber
dann stellte sie das Auto in einer kleinen Straße hinter
dem Metropol-Theater ab, wo Laura früher einmal gewohnt hatte und meistens ein Parkplatz zu finden war,
lief langsam über die Weidendammer Brücke, durch
die Friedrichstraße zum Oranienburger Tor, versuchte
sich vorzustellen, wie es hier vor zehn oder fünfzehn
Jahren ausgesehen hatte, konnte aber gegen die fak-
tische Macht mancher Neuheiten nicht andenken, so-

dass ihre Rekonstruktion lückenhaft blieb und sie sich wieder einmal darüber wunderte, wie schnell und leicht sich manche Bilder im Kopf übermalen ließen. Es war schon dunkel, die Autoschlangen schoben sich halbmeterweise durch die Straßenverengung an einer Baustelle. In einem der Häuser kurz hinter der Johannisstraße musste früher die Pudelbar gewesen sein, eine zwielichtige Kaschemme, in die eine Schulfreundin und ihre ältere Schwester sie einmal gelockt hatten, als sie achtzehn war, und wo der ätzende Handschweiß eines grobschlächtigen Tänzers eine abrufbare Erinnerung auf ihrer Haut hinterlassen hatte. Der Strom zielstrebiger Büroheimkehrer trug sie eilig bis zur Straßenbahnhaltestelle, um ihr dahinter wie sein Spiegelbild feindselig in den Weg zu treten. Sie bog in die Torstraße ein, die früher Wilhelm-Pieck-Straße hieß, wie Johanna sie in Gedanken immer noch nannte, obwohl auch sie, hätte sie es entscheiden sollen, die Straße von diesem Namen natürlich befreit hätte, und der für sie trotzdem, gegen ihren Willen, ihr eigentlicher Name geblieben war.

Schon von der anderen Straßenseite erkannte sie Igor, der mit zwei Männern vor einem Bild stand und offenbar Auskunft gab oder verhandelte. Er wippte leicht auf den Fersen, steckte die linke Hand immer wieder in die Hosentasche, um sie im nächsten Augenblick wieder herauszuziehen und damit von

Johannas Position her unverständliche Zeichen in die Luft zu malen oder sich über den kahlgeschorenen Schädel zu streichen. Sie stand im Halbdunkel neben dem erleuchteten Fenster einer Weinhandlung. Schon als sie aufgebrochen war, hatte sie geahnt, dass sie am Ende hier stehen würde, obwohl sie nicht hergekommen war, um Igor zu treffen. Sie hatte ihn nicht mehr gesehen, seit er in Basekow plötzlich vor ihrer Tür gestanden hatte. Zweimal hatte er ihr seitdem einen Gruß auf den Anrufbeantworter gesprochen und seine Telefonnummer hinterlassen, aber sie hatte nicht zurückgerufen, obwohl sie oft an ihn dachte, an ihn und diesen Satz, der ihr richtig vorkam. Man müsse im eigenen Leben nur dafür sorgen, dass es zu jeder Zeit Anfänge gibt, glückliche Anfänge, hatte dieser arrogante Russe gesagt, als er in Basekow im Sessel vor dem Fenster saß und schon beschlossen hatte, in ihrem Haus zu übernachten.

Sie zog den Zettel mit seiner Telefonnummer aus der Tasche, suchte nach ihrer Brille, fand sie endlich und wählte Igors Nummer. Sie sah, wie er den Kopf nach dem Telefon wandte, die Männer vor dem Bild mit einer höflichen Geste um Geduld bat, zu dem kleinen Tisch in der hinteren Ecke der Galerie ging und den Hörer abnahm. Johanna nannte ihren Namen, während sie über die zwei Reihen parkender Autos hinweg Igor fest im Blick hielt, weil es jetzt darauf ankam, weil die nächste Sekunde entscheiden würde, ob sie ihren Besuch ankündigen würde oder nicht. Hier ist Johanna Märtin, sagte sie. Er wiederholte ihren Vornamen, überrascht, vielleicht sogar erfreut, legte den Kopf leicht in den Nacken und wandte den Männern vor dem Bild und damit auch Johanna den Rücken zu. Ob er zurückrufen dürfe, in zehn, fünfzehn Minuten, fragte er. Sie sei in der Nähe, sagte sie, und würde sich gern seine Galerie ansehen.

Sie lief noch eine Weile durch das Viertel, rauchte an der Monbijou-Brücke eine Zigarette, rief Achim an und sagte, dass sie wohl doch später kommen würde und er dem Hund zu fressen geben müsse. Nach einer halben Stunde betrat sie die Galerie. Sie hatte Igor bisher nur auf dem Land getroffen, bei Karoline Winter oder in ihrem eigenen Haus. Sie hatte ihn anders in Erinnerung, hätte aber nicht sagen können wie, nur anders, größer vielleicht und schärfer in den Konturen. Er kam mit drei Schritten auf sie zu, küsste ihr die Hand, nahm ihr den Mantel ab und bot ihr einen Stuhl an. Kommen Sie wegen der Kunst oder meinetwegen, fragte er.

Was wäre Ihnen lieber?

Er warf einen nur für Johanna bestimmten missfälligen Blick auf die Bilder, schrille, blutige Variationen zu Chagall, und sagte, in diesem Fall vielleicht doch lieber seinetwegen.

Sie sind ein Verräter, sagte sie.

Ich bin Geschäftsmann, sagte Igor. Ich verantworte weder den Geschmack der Künstler noch den der Käufer. Nehmen Sie einen Tee? Der Samowar stammt aus dem Nachlass von Tschechow, jedenfalls hat der Verkäufer das behauptet.

Er beobachtete, wie sie ihre Hände an der ziselierten Silberhalterung des Teeglases wärmte. Sie passen gut in meinen Laden, sagte er, Sie sehen ganz russisch aus, so mit dem Teeglas in den Händen und dem versonnenen Blick.

Sie war verlegen, sah durch die gläserne Front auf die Straße, wo die Passanten vorüberglitten wie hungrige, bunte Fische in einem Aquarium. Igor war wenigstens sieben, vielleicht sogar zehn Jahre jünger als Johanna, trotzdem hatte sie in seiner Gegenwart immer das Gefühl, er sei erwachsen und sie nicht.

Was macht Ihre Stiftung, fragte sie, wie geht es der Fürstin?

Natalia Timofejewna? Igor lachte. Sie hat uns alle verlassen, die Erbschleicherbande und mich auch. Eines Tages hat sie wohl im Rundfunk eine Sendung über Leonora Carrington gehört und dabei erfahren, dass sie noch lebt, und zwar in Mexiko. Natalia Timofejewna vergaß von einer Minute zur anderen, dass sie beschlossen hatte, eine russische Patriotin zu sein, erinnerte sich stattdessen an ihre wilde Jugend in Paris und erobert nun Mexiko. In bewundernswerter Heimlichkeit hat sie sich einfach aus dem Staub gemacht. Vor zwei Wochen bekam ich einen Brief aus Mexiko City.

Er zog den Brief aus der Innentasche seiner Jacke und reichte ihn Johanna.

Mein lieber Freund,
das Couvert wird Ihnen schon verraten haben, wohin das Leben mich unerwartet getrieben hat. Nein, halten Sie mich nicht für treulos, und noch weniger dürfen Sie sich von mir verraten fühlen, auch wenn meine konspirative Abreise gewiss solche Gedanken in Ihnen geweckt hat. Aber ich konnte meine geringe Kraft nicht für Abschiede verschwenden, sie genügte gerade für den Aufbruch. An mich erging, gewissermaßen aus dem Äther, ein Ruf, dem ich folgen musste. Eine Gefährtin meiner glücklichen Jugendjahre, die ich längst unter den Toten wähnte, Leonora Carrington, ich habe Ihnen von ihr erzählt, lebt, und zwar hier in Mexico City. Das hörte ich vor einigen Wochen im Radio, wo man auch berichtete, in welch bescheidenen Verhältnissen sie nun ihre letzten Jahre verbringt. Mein Herz sagte mir, dass diese Botschaft für mich bestimmt war, nur für mich. Und so fühlte ich mich frei von allen anderen Verpflichtungen, die ich eingegangen war. Noch habe ich Leonora nicht getroffen. Offenbar ist sie zur Zeit nicht in der Stadt, aber ich bin auf ihrer Spur. Ich werde Sie über alles Weitere unterrichten und verbleibe als
Ihre aufrichtige Freundin Natalia Timofejewna

Die energische, raumgreifende Schrift, der die sepiabraune Tinte zudem einen Hauch von Extravaganz
verlieh, war das erste, das Johanna an Igors fürstlicher
Freundin wirklich interessierte. Es passte nicht zu
dem Bild, das sie sich von ihr bis dahin gemacht hatte: eine schrullige alte Frau in einem erdfarbenen Sessel, eine Decke über den mageren Beinen, umgeben
von allerlei Zierat, russischen Lackmalereien und afri-
kanischen Holzplastiken, die an ihrem Tee nippte, zu
besonderen Gelegenheiten an einem Likör, wehrlos
den Aasgeiern ausgeliefert, die sie hofierten. Und eigentlich war Johanna nie sicher gewesen, ob Igor sie
nicht überhaupt erfunden hatte, diese russische Fürstin, die es an die Seite eines ungehobelten kommunistischen Funktionärs verschlagen hatte und die nun,
über Nacht, zur Herrin eines geheimnisvollen Ver-
mögens geworden war.

Sie hat eine schöne Schrift, sagte Johanna, so kräf-
tig, wenn man bedenkt, wie alt sie ist.

Igor nahm ihr den Brief wieder aus der Hand, legte
ihn vor sich auf den Tisch, sah ihn lange an, als lese er
noch einmal Wort für Wort, und sagte, es sei schade,
dass sie Natalia Timofejewna nun nicht mehr kennen-
lernen würde.

Schade, ja. Und Ihre Stiftung?

Er zuckte mit den Achseln. Perdú. Wahrscheinlich
haben von hundert vergessenen Künstlern achtund-

neunzig verdient, vergessen zu werden. Und wer weiß, ob wir die beiden Ausnahmen wirklich gefunden hätten. Dieser Chagallist hier wird auch vergessen werden. Hat er darum eine Stiftung verdient?

Er lehnte sich zurück, streckte die Beine weit von sich, verschränkte die Arme hinter dem Kopf, aber wer weiß, sagte er, vielleicht hätten wir sie ja doch gefunden, die zwei, oder wenigstens einen.

Unter dem grellen, den Feinheiten der Bilder zugedachten Licht wirkte sein Lächeln kraftlos und angestrengt. Der arrogante Russe, den Johanna in Karolines Verwalterhaus getroffen hatte, ließ sich hinter der Müdigkeit nur noch erahnen, als brauchte es Karolines Glanz, um ihn selbst im richtigen Licht erscheinen zu lassen.

Zwei kauende Mädchen, jedes einen Döner in den rotgefrorenen Händen, standen vor dem Schaufenster, eins zeigte auf ein Bild an der rechten Wand, ein massakrierter nackter Frauenkörper, der anklagend über den blauen Dächern eines Dorfes oder einer kleinen Stadt schwebte. Die Mädchen stießen demonstrative Laute des Abscheus aus und gingen lachend weiter.

So geht das schon den ganzen Tag, sagte Igor, sie drücken sich die Nasen platt, aber niemand kommt rein.

Igors Galerie war eine von zahllosen Kunsthandlungen, die sich während der letzten Jahre in dieser Gegend angesiedelt hatten, Galerien für moderne Malerei, alte Fotografie, Kunst aus Asien, Afrika oder eben Osteuropa, manche hatten schon wieder geschlossen, andere kamen hinzu. Nur die Dependancen großer Galerien in New York oder London verkrafteten die dauerhafte Geldnot der Stadt und ihrer Bewohner mühelos. Wahrscheinlich hätte Igor das Geld seiner russischen Freundin nötiger gebraucht, als er zugab.

Er goss noch einmal Tee nach, und Johanna sagte, sie hätte jetzt einen Hund.

Einen Hund? Warum einen Hund?

Ich habe ihn gefunden, sagte Johanna, einen Tag, nachdem Sie mich in Basekow besucht haben. Sein Satz über Anfänge sei ihr eingefallen, und in gewisser Weise sei schließlich auch der Hund ein Anfang.

Ein Hund, sagte Igor noch einmal und schüttelte den Kopf. Was haben Sie gegen Hunde, fragte Johanna, und Igor sagte, er hätte nichts gegen Hunde, nicht das Geringste, nur hielte er einen Hund in ihrer Lebenslage, wenn überhaupt für einen Anfang, dann für den Anfang vom Ende. Ich habe Ihnen mehr zugetraut, sagte er, mehr zugetraut und mehr gegönnt.

Seine Stimme balancierte auf einem Grat zwischen Fürsorge und Ironie und hielt ihm den Ausweg in den Scherz offen. Sie hätte wütend, wenigstens gekränkt sein müssen, fand aber nicht die Energie, sich zu empören, und fragte nur, was das Mehr, das er ihr zugetraut und auch gegönnt hätte, denn sei; und ob er glaube, sie hätte ihr ganzes Leben samt ihrer Ehe über den Haufen werfen müssen, nur weil ihr für eine Nacht ein arroganter Russe ins Bett gefallen sei. Sie sprach über Igor, als sei er nicht anwesend oder als sei der Russe, über den sie sprach, nicht Igor, was zwar nicht der Wahrheit, aber ihrem Empfinden entsprach.

Igor zündete sich eine Zigarette an, schwieg, nahm scheinbar gedankenlos Natalia Timofejewnas Brief in die Hand, legte ihn wieder auf den Tisch, entschied sich endlich für ein Lächeln und sagte: Ja. Einfach nur: ja; und wartete. Er war nicht nur arrogant, sondern auch unverschämt, aber sie konnte sich immer noch nicht aufregen. Was hätte er auch sonst antworten sollen auf ihre Frage. Außerdem dachte sie ja selbst, dass sie ihr Leben über den Haufen werfen sollte.

Vielleicht wäre ich gar nicht hergekommen, wenn es den Hund nicht gäbe, sagte sie. Manchmal glaube ich, der Hund ist mir als Botschaft geschickt worden. Wenn ich an meinem Schreibtisch sitze, wieder einmal einen unwichtigen Artikel über ein unwichtiges Buch schreibe und dabei einen Blick auf den halbwachen Hund zu meinen Füßen werfe, der meine Kopfbewegung sofort registriert und in der Hoffnung, aus seiner Untätigkeit erlöst zu werden, die Ohren aufstellt und mit der Schwanzspitze ein paarmal auf den Boden klopft, empfinde ich eine unerklärliche Freude und, als sende der Hund etwas, das ich fühlen, aber nicht benennen kann, aus seinem Körper direkt in mein Nervensystem, einen Anflug von Glück. So einfach ist es also, Glück auszulösen und glücklich zu sein, denke ich dann, so einfach, dass ein dahergelaufener schwarzer Hund es kann, indem er nichts anderes tut, als in einem Zustand zwischen Schlaf und Erwartung vor sich hinzudämmern. Ich frage mich, ob bei mehr als neunzigprozentiger Übereinstimmung der Gene sich nicht auch in mir etwas finden lassen müsste von der rätselhaften Fähigkeit dieser Kreatur, ob es nicht auch mir gelingen könnte, wenigstens mir selbst als Sinn zu genügen und froh zu sein, weil es mich gibt, wie der Hund froh ist, dass es ihn gibt.

Während sie sprach, sah sie Igor nicht ein einziges Mal an, sondern hakte ihren Blick fest in den kraftvollen Auf- und Abwärtsbögen der sepiabraunen Buchstaben in Natalia Timofejewnas Brief, der immer noch auf dem Tisch lag. Der geringste Triumph in Igors Augen, eine Spur von Genugtuung in seinem Lächeln hätten genügt, um sie am Weiterreden zu hindern.

Sie müssen das nicht verstehen, sagte sie.

Sie suchte in ihrer Handtasche nach den Zigaretten, fand sie nicht, Igor schob ihr seine Schachtel über den Tisch. Wollen Sie ein Glas Wein, fragte er.

Sie rauchten, tranken Rotwein. Sie hatte ihn erst einmal so maskenlos gesehen; in Basekow, am Morgen nach dieser Nacht.

Es gibt Situationen, sagte Igor, in denen alles als Botschaft erscheint, egal, was man erlebt oder mit wem man spricht. Weil man die Botschaft längst kennt und nur noch darauf wartet, dass sie einem überbracht wird, notfalls auch von einem Hund. Für Natalia Timofejewna kam sie aus dem Radio, sagte er, faltete den Brief behutsam zusammen, als könnten die sepiabraunen Buchstaben sonst vom Papier fallen, und steckte ihn wieder in die Jackentasche.

Seit diesem Tag war Johannas Bild von Natalia Timofejewna von ihrer Schrift nicht mehr zu trennen. Dieses blassbraune, elegante, auch ein bißchen herrische Schriftbild ersetzte ihr sogar jetzt noch, wenn auch unvollkommen, Natalias Gesicht, das sie immer noch nicht kannte.

Ihr schnauzbärtiger Nachbar schlief inzwischen, was seinem Bedürfnis, sich auszubreiten, zur Hemmungslosigkeit verhalf. Sein Arm war von der Lehne gerutscht, auf Johannas Seite, und sein Kopf näherte sich bedrohlich ihrer Schulter. Sie blätterte, heftiger und länger als nötig, in den Kopien von Natalias Brie-

fen, obwohl sie alle nach Datum sortiert hatte und
der erste, noch an Igor adressierte, obenauf lag.

Mein lieber Freund,
wie schade, dass Sie mich nicht sehen können. Ich erkenne
mich selbst nicht mehr. Heute sind wir fünf Stunden durch
die Stadt gelaufen. Sie wissen, dass mir in Berlin an man-
chen Tagen jeder Schritt zuviel war. Marianna sagt, es liegt
an der Höhenluft. Ich mutmaße eher, dass die verwirrende
Begegnung mit meiner Jugend mir, wie man sagt, durch
Mark und Knochen dringt, sodass auch mein Herz und mei-
ne Beine sich auf ihre frühere Kraft besinnen und nun ehr-
geizig beweisen wollen, was davon noch in ihnen steckt. Ma-
rianna behauptet aber, sogar wer zum Sterben nach Mexiko
kommt, lebt wenigstens noch zehn Jahre. Aber Sie wissen ja
gar nicht, wer Marianna ist. Ich wusste es sechzig Jahre lang
auch nicht mehr. Am dritten Tag nach meiner Ankunft aber,
als ich im Sheraton-Hotel, wo ich mich für die ersten Tage
eingemietet hatte, an der Rezeption nach einem Stadtplan
fragen wollte, nannte eine weibliche Stimme neben mir ihren
Namen: Marianna Ludwig-Juarez. Zunächst wandte ich
mich der Frau, die übrigens perfekt spanisch sprach, nur we-
gen des teilweise deutschen Namens zu. Und gleichzeitig
zuckten kleine Blitze durch meinen Kopf; Marianna Lud-
wig, Marianna Ludwig, den Namen kannte ich. Dann end-
lich, als ich das a durch ein e ersetzte, Marianne Ludwig,
sah ich das blondbezopfte Kind vor mir, die Tochter eines

deutschen Schauspielers, der damals in der Colonia Condesa in unserer Nachbarschaft wohnte. Ich war ein bißchen erschrocken, wie alt sie inzwischen war, obwohl sie vierzehn Jahre jünger ist als ich.

Offenbar hatte sie an der Rezeption nur eine Nachricht hinterlassen und war schon wieder auf dem Weg zum Ausgang. Senora Ludwig-Juarez, rief ich hinterher. Natürlich erkannte sie mich nicht, ich hätte sie ja auch nicht erkannt. War Ihr Vater der Schauspieler Peter Ludwig? fragte ich.

Wir gingen in die Bar und tranken eine Margarita. Und stellen Sie sich vor, Marianna erinnerte sich an meinen Namen, Natascha wurde ich damals genannt, und an ein weißes Kleid von mir, in dem ich, wie sie sagte, wahrhaftig ausgesehen hätte wie eine Prinzessin, denn ich sei doch wohl eine Prinzessin, jedenfalls sei sie sicher, in ihrer Kindheit eine russische Prinzessin gekannt zu haben. Nach der zweiten Margarita bestand Marianna darauf, dass ich bei ihr wohne. Sie half mir beim Packen, und wir fuhren mit dem Taxi in ihr Haus am südlichen Rand der Stadt, in der Colonia Heroes de Padierna, wo es mir seitdem äußerst wohl ergeht.

Lieber Igor Maximowitsch, da ich nicht weiß, wann ich zurückkomme, bitte ich Sie herzlich, ab und zu nach meiner Wohnung zu sehen. Den Schlüssel habe ich ausdrücklich für Sie bei der Nachbarin hinterlegt.

Sie können mir an diese E-Mail-Adresse schreiben. Ich werde alle zwei Tage in ein Internet-Café hier in der Nähe gehen.

*In dringlichen Angelegenheiten können Sie mich auch bei
Marianna Ludwig-Juarez anrufen. Die Nummer ist:
57013553 in Mexico City.*

*Leonora C. habe ich noch nicht gefunden. Ich halte Sie
auf dem Laufenden.*

*Es grüßt Sie herzlich
Ihre Freundin Natalia Timofejewna*

Johanna hätte die Nachricht damals auch an Igor
weiterleiten können. Aber sie langweilte sich oder
erinnerte sich an die sepiabraune Schrift oder wollte
einfach nur an Natalias skurrilem Abenteuer teilha-
ben, jedenfalls schrieb sie ihr, dass Igor für einige
Wochen nach Russland gereist sei und sie ihn derweil vertrete, dass Igor ihr aber viel über sie erzählt
hätte und sie Natalia für ihren Mut bewundere, mit
dem sie diese Reise ins Ungewisse, zudem ganz allein, angetreten sei; und dass Igor ihr aufgetragen
hätte, für den Fall, sie meldete sich, ihr jede nötige
Hilfe zukommen zu lassen. Um ihre Wohnung könne sie sich aber leider nicht kümmern, da der Schlüssel nur für Igor hinterlegt sei. Sie wünschte ihr noch
viel Glück bei der Suche nach Leonora Carrington,
von der sie vorher noch nie etwas gehört hätte, sich
aber nun, da sie, wenn auch nur zufällig, von den
Ereignissen um sie gestreift würde, kundig machen
wolle.

Da sie Natalias Nachnamen nicht kannte, über-
schrieb sie den Brief mit *Sehr geehrte Natalia Timofejewna*, war aber nicht sicher, ob diese Anrede ange-
messen war.

Nach zwei Tagen kam Natalias Antwort.

Draußen umfing ihn laue, noch morgendlich frische Frühlingsluft; die Straße, im Sommer vom Laub der Bäume verschattet, kam ihm jetzt im gleißenden Sonnenlicht wie nackt vor, enthüllt, entkleidet, aufdringlich. Hinter der Kreuzung, wo die Straße sich in westlicher Richtung verbreiterte, verlor sich der Blick in der Unbehaustheit sechsspuriger Verkehrsschneisen. Alles zu hell, zu laut, zu weit.

Vielleicht sollte er an den Wannsee fahren, an das berühmte Grab, das ihm, wenn er nur lange genug davorstand und sich durch die Sandschichten an den durchschossenen Schädel herandachte, manchmal wie sein eigenes vorkam. Da lag auch sein Leben begraben, ein Leben im Dienste des Heinrich von Kleist, wie Johanna kürzlich nicht ohne Bosheit bemerkt hatte, und so, wenn auch namenlos, teilhaftig seiner Unsterblichkeit; ein Gedanke, den er nie ausgesprochen hätte, eigentlich auch weniger ein Gedanke als ein Gefühl, dem er sich nur selten, auch nur unbeobachtet und insgeheim hingab. Aber heute war ein solcher Tag nicht. Worüber hätte er heute Zwiesprache führen können mit ihm, dem Genie, dessen Seele so wund war, dass ihm das Tageslicht wehe tat, wenn er die Nase aus dem Fenster steckte; dem der versagte Ruhm das Leben wert war? Sollte er ihm sagen: ein Hund und ein Russe haben mein Leben durcheinandergebracht, und darum verweigere ich schon seit einer Woche den Dienst an deiner Unsterblichkeit?

Er fuhr ziellos in Richtung der östlichen Stadtmitte, unschlüssig, ob er die Ausstellung im Gropiusbau ansehen wollte, er hatte vergessen welche, oder ein bestimmtes Bild von Menzel, das ihn, obwohl er für Menzel nie eine besondere Vorliebe gehegt hatte, kürzlich zum ersten Mal berührt hat. Ein Balkonzimmer, in dessen Stille hinein ein sanfter Wind die leichten, weißen Vorhänge wehte. Natürlich hatte er das Bild auch früher schon gesehen, im Vorübergehen, auf dem Weg zu anderen Bildern. Vielleicht war er sogar stehengeblieben, ohne dass das Bild eine nachdrückliche Spur in seinem Gedächtnis hinterlassen hätte. Aber vor zwei Monaten, als er den Japaner, einen Kleist-Forscher aus Osaka, durch die Nationalgalerie begleitete, hatte der Blick in diesen Raum plötzlich ein unbestimmtes wehes Gefühl, dessen Ursprung er nicht hatte ergründen können, in ihm geweckt. Ein Zimmer, nicht groß, in dessen glänzendem

Parkettboden die Sonne sich spiegelte; ein rätselhaf-
ter Fleck an der Wand, als hätte jemand die grünliche
Farbe um einen Schrank herum aufgetragen, wogegen aber das gestrichene Rechteck innerhalb der Aus-
sparung sprach, also eher ein seltsam geformtes Regal, das einmal da gestanden und seinen Schatten
hinterlassen hat; an der geöffneten Balkontür ein
Stuhl, auf dem vielleicht eben noch jemand gesessen
hat, lesend oder vor sich hin sinnend. Vor allem die
Gardine, diese lichte, zartgemusterte, nur von einem
matten Luftstoß gebauschte Gardine, deren Bewegung sich fortsetzte als Lichtspiel auf dem Boden.

Das Museum war fast leer. Er hielt sich nirgends auf,
bedachte auch die Prinzessinnen nur mit einem
flüchtigen Blick, wählte den rechten Gang, lief zielstrebig, vorbei an Courbets »Welle«, Liebermann, Co-
rinth, auf die Kabinette in der Apsis zu, stand endlich
vor dem Bild, sah, was er, auch ohne es zu sehen, genau hätte beschreiben können: den Fleck an der
Wand, die Gardine, das Licht. Der kleine Schmerz,
der ihn vor einigen Wochen beim Betrachten des Bildes überrascht hatte, stellte sich nicht ein, er hätte
ihn jetzt auch gestört. Er wollte nicht fühlen, sondern
verstehen, wodurch das Bild ihn zu diesem Gefühl
hatte veranlassen können. Es musste ja mehr sein
als diese sonnendurchflutete Stille, als diese, selbst
durch den auffälligen Fleck an der Wand nicht zu trü-

bende Harmonie, etwas, das sich nicht schon dem ersten Blick preisgab, vielleicht auch nicht dem zweiten
und dritten. Ein Wort meldete sich: Sehnsucht, das
Bild erzeugte Sehnsucht. Aber wonach? Vor Sonne
und Frühlingswind war er gerade hierher, hinter die
dicken Mauern des Museums geflüchtet. Es musste
das sein, was nicht zu sehen war, das nur seine Zeichen hinterlassen hatte, die Anordnung der Möbel,
die geöffnete Balkontür, den Stuhl. Das Zimmer gehörte einer Frau, einer jungen Frau, einer anmutigen
jungen Frau, anmutig wie dieser wehende Gardinen-
schleier, ein Mädchen. Sehnsucht nach einem Mädchen, müsste das Bild heißen; mehr als Sehnsucht
wird dem Zwerg nicht vergönnt gewesen sein. Das
Bild war von 1845 datiert, da war Menzel um die dreißig. Aber warum war er erst jetzt empfänglich für die
Botschaft, warum nicht vor zwanzig oder zehn oder
sogar fünf Jahren? Hatte er Sehnsucht nach einem
Mädchen? Von den Mädchen trennten ihn zwei Generationen; selbst eine Frau, die zwanzig Jahre jünger
war als er, wäre achtunddreißig. Das wog nicht leich-
ter als die dreißig Zentimeter, die Menzel an Körper-
größe gefehlt haben. Nein, er hatte keine Sehnsucht
nach Mädchen. Aber warum hatte er dann dem Bild
ein Mädchen einmontiert? Vielleicht hat Menzel ja
gar nichts anderes gemalt als sein eigenes Balkonzimmer und sich für nichts anderes interessiert als für

den Wind in der Gardine, das Licht auf dem Parkett und den seltsamen, von einer Veränderung kündenden Fleck an der Wand. Aber woher kam das Mädchen? Und wie war ihm das Wort Sehnsucht plötzlich in den Kopf geschossen?

Es war noch gar nicht lange her, dass er Johanna belächelt hat, als sie beim Frühstück, weil sie die überschwängliche Rezension eines Debütromans gelesen hatte, die Zeitung beiseite legte und fragte, ob er diese Lust, alles und jedes, auch sich selbst, nur noch ironisch zu betrachten verstünde.

Ja, natürlich, sagte er.

Ich nicht, sagte Johanna, ich überhaupt nicht.

Er sagte, dass dem, der die Wiederkehr des Ewiggleichen durchschaue, nur die Ironie bliebe, um mit seiner Nichtigkeit fertigzuwerden. Und Johanna sagte, sie hätte aber eher den Eindruck, diesen ganzen Ironikern ginge es eher um ihre Wichtigkeit als um ihre Nichtigkeit. Schließlich könnten wir, nur weil vor uns schon Milliarden von Menschen gelebt hätten, die ähnlich gefühlt hätten wie wir und gestorben seien, wie wir auch sterben würden, uns nicht nur als deren postmoderner Abklatsch verstehen. Ihr sei es vollkommen gleichgültig, ob Heerscharen anderer Menschen ihre Sehnsucht auch schon empfunden hätten; für sie sei sie neu. Es verlange ja auch niemand von uns, Schmerzen ironisch zu ertragen, nur weil sie millionenfach erlebt und beschrieben wurden. Schmerz sei Schmerz, und Sehnsucht sei Sehnsucht.

Sie sprach ungewohnt entschieden, als hätte jemand ihr das Recht auf Sehnsucht tatsächlich abgesprochen, und er fragte sich, wonach sie sich wohl so sehnte, dass sie sich derart ereiferte, scheute sich aber, die Frage an sie weiterzugeben, wie er überhaupt die Gespräche mit halbreligiösem Charakter, zu denen Johanna seit einiger Zeit neigte, lieber vermied. Sie fegte mit der Hand ein paar Brotkrümel von der Tischdecke, beendete mit einem heftigen Druck auf die Taste die endlosen Verkehrsnachrichten im Radio und fragte: Und du sehnst dich nach gar nichts?

Doch, nach dir, immer nur nach dir, hatte er geantwortet, seine Tasse in das Spülbecken gestellt, Johanna auf die Stirn geküsst und sich, wie jeden Morgen, an seinen Schreibtisch begeben.

Aber selbst wenn es Sehnsucht wäre, was das Bild in ihm weckte, Sehnsucht nach einem Mädchen oder einer anderen Verheißung von Glück, würde es, da er, im Gegensatz zu Johanna, nicht an ihre Erfüllbarkeit glaube, nichts bedeuten.

Einen Tag, nachdem sie Igor in seiner Galerie besucht hatte, rief Karoline an. Johanna hatte nichts von ihr gehört, seit Karoline sie an einem September-morgen weinend in ihr Verwalterhaus beordert hatte, weil sie vor einer Reise nach Moskau ihr neunund-zwanzig Seiten langes Testament umgeschrieben und sich damit eine horröse, wie sie es nannte, Nacht be-schert hatte. Noch nie hatte Karoline sie im Winter angerufen. Sie trafen sich nur auf dem Land, vom Frühjahr bis zum Herbst, aber niemals im Winter und niemals in Berlin.

Igor erzählt, du hättest ihn in der Galerie besucht, sagte Karoline, mich hast du noch nie besucht.

Du hast mich noch nie eingeladen, sagte Johanna.

Und genau darum rufe ich nun an, sagte Karoline, kommt ihr zu meiner Silvesterparty?

Johanna hätte gern gewusst, ob das ihre oder Igors Idee war, wollte aber nicht danach fragen. Sie würde gern kommen, sagte sie, wolle aber erst mit Achim sprechen.

Wie geht es Laura? Vielleicht will sie mitkommen, sagte Karoline.

Laura fährt mit Freunden zum Skifahren.

Schade, sagte Karoline, sie ist ein bezauberndes Mädchen; ich habe sie richtig gern. Hat sie dir eigentlich erzählt, dass sie neulich bei mir im Atelier war?

Ach so? sagte Johanna, nicht ja, nicht nein, ein fragendes Achso, mit dem Achim sich oft einer eindeutigen Antwort entzog. Laura hatte ihr nichts erzählt, und in ihrem Magen breitete sich ein kleiner ziehender Schmerz aus, wie damals, an dem Morgen im Verwalterhaus, nach Karolines horröser Nacht, als sie Laura nach ihrer Reise ausgefragt hatte und nach irgendwelchen Amerikanern, zu denen sie Laura geschickt und von denen Johanna noch nie etwas gehört hatte, und als sie ihr zuletzt das rote Kleid und die Lederjacke geschenkt und sie »mein Liebes« genannt hatte. Auch wenn Johanna sich längst daran gewöhnt hatte, dass Laura erwachsen war und sich befreunden konnte, mit wem sie wollte, sah sie Karolines Werben um ihre Tochter und Lauras Bewunderung für Karoline voller Misstrauen.

In ihr schlummert etwas Freies und Wildes, sagte Karoline, das spüre ich. Sie erinnert mich an mich, als ich jung war. Nach wem kommt sie eigentlich? Du bist doch ganz anders; Achim auch.

Achim behauptet, sie käme nach seiner Mutter, sagte Johanna und verstand nur langsam, was Karoline ihr gerade mitgeteilt hatte. Ich habe sie nicht mehr kennengelernt, sie hat sich totgefahren.

Sie muss eine bemerkenswerte Frau gewesen sein, sagte Karoline und erzählte weiter von ihrem Treffen mit Laura, das ausgelassen und heiter gewesen sei und vertraut wie mit einer jüngeren Schwester; und dass Laura ihr von dem Hund erzählt hätte. Ein Hund sei schon lange ein Traum von ihr, sagte sie, ein unerfüllbarer Traum, denn wie solle sie bei ihrem Leben einen Hund betreuen. Sie beneide Johanna, wirklich, um Laura, um den Hund, sogar um ihre Ehe, auch wenn sie selbst sich nie hätte vorstellen kön-nen, mit einem Mann auch nur in einer Wohnung zu leben, obwohl ihre Wohnung wahrlich groß ge-nug sei. Du wirst sie ja sehen; ihr kommt doch, sagte Karoline.

Johanna beteuerte noch einmal, mit Achim zu spre-chen, war aber schon entschlossen, die Gelegenheit zu nutzen, um nach zwanzig Jahren endlich dem de-primierenden Silvesterritual mit Barbara und Ri-chard zu entfliehen, obwohl sie von der Tragweite ih-rer Entscheidung damals nichts ahnte und, hätte sie es geahnt, vielleicht sogar anders entschieden hätte und darum jetzt nicht in diesem Flugzeug säße, weil Igor sie Silvester nicht hätte fragen können, ob sie in seiner Galerie aushelfen wolle, sie demzufolge nicht mit Natalia korrespondiert, nichts über Mexiko und die verrückte Leonora Carrington erfahren hätte, sondern auf ihrem Stuhl an ihrem Schreibtisch in ihrem sechzehn Quadratmeter großen Arbeitszimmer sitzengeblieben wäre und lustlos in fremden Biographien herumgestochert hätte.

Ab Mitte Januar verließ sie nun dreimal in der Woche gegen zwölf Uhr die Wohnung und fuhr in Igors Galerie, um sie bis zum Abend um sieben zu beaufsichtigen. Sie war es nicht gewöhnt, pünktlich und regelmäßig das Haus zu verlassen, um an einem anderen Ort zu arbeiten. Seit über zwanzig Jahren hatte sie nur ihren Stuhl am Frühstückstisch mit dem am Schreibtisch vertauscht. Aber es gefiel ihr. Es machte ihr sogar Spaß, am Abend schon zu überlegen, was sie am nächsten Tag anziehen würde, statt sich wie bisher nur ein beliebiges bequemes Kleidungsstück überzuwerfen. Allein, dass sie in die Innenstadt fuhr wie sonst nur zu Ausstellungs- oder Theaterbesuchen oder wenn sie sich, was selten vorkam, mit Laura verabredet hatte, verlieh den Tagen einen gewissen Glanz.

Anfangs hielt sie sich lieber im vorderen, zu ebener Erde gelegenen Raum auf, wo sie das Gefühl hatte, direkt auf der Straße zu sitzen oder umherzugehen, zwar durch Glas geschützt vor Wetter und Lärm, aber doch mitten unter den Menschen, Anwohnern oder Touristen, die durch die Galerien der Gegend streiften oder eins der zahllosen Restaurants suchten. Bredow lag meistens direkt vor der gläsernen Tür und wartete auf einen seiner Artgenossen, die hin und wieder seinen schmalen Ausblick passierten und um deren Aufmerksamkeit er sich dann lauthals bemühte. Manche blieben stehen oder stemmten sich sogar mit den Vorderpfoten gegen das Glas, bis ihre Herrschaft sie weiterzog, andere gingen vorüber, ohne den Kopf zu wenden, und nur ein kurzes Zucken ihrer Ohren verriet, dass sie Bredows Rufen überhaupt gehört hatten.

Sie saß am Tisch in der hinteren Ecke, las, sah auf die Straße, trank Tee, telefonierte, lächelte freundlich, wenn ein junges Paar oder Einzelne in Anoraks und mit kleinen Rucksäcken über den Schultern sich vor der Kälte in die Galerie flüchteten, die Wände mit den Bildern abschritten, die Faltzettel lasen oder nur einsteckten, begehrliche Blicke auf den Samowar warfen und sich mit einem gemurmelten Dank wieder verabschiedeten. Jedes Mal, wenn sich ein Besucher der Tür näherte, lockte sie Bredow mit einem Keks oder einem Stück Wurst an ihren Tisch, um ihn daran zu hindern, den Gast mit lautem Gebell zu begrüßen und indiskret zu beschnüffeln. Mehr hatte sie nicht zu tun. Sie saß einfach nur in der Galerie, umgeben von Bildern, die ihr nicht gefielen, beobachtete, wie die matt lackierten Dielen die Sonne reflektierten oder wie die Pfützen auf der Straße zitterten und Blasen schlugen, wenn es regnete, und wartete. Es war ein vollkommen entspanntes Warten, das, da es seine Erfüllung nicht kannte, frei von jeder Ungeduld war. Und weil sie, indem sie wartete, ihre Arbeit tat und für ihren Lebensunterhalt sorgte, hatte sie auch nicht das Gefühl, etwas Unerlaubtes zu tun. Alles war richtig. Sie tat, was sie tun musste, und war doch ganz frei.

Als sie ein Kind war, hatte ihre Mutter behauptet, sie könne ihre Gedanken lesen; sie müsse nur tief in ihre Augen sehen wie durch ein Fenster, und da, hinter ihren Augen, sei jeder ihrer Gedanken auf einen schmalen weißen Streifen, der mitten durch ihren Kopf liefe, geschrieben. Sie muss sich ihren Kopf wie einen Telegrafenticker vorgestellt haben, der diese weißen Streifen ausspuckte, die dann auf das Telegramm geklebt wurden. Komme morgen stop holt mich ab stop. Sie wusste nicht, ob sie an den weißen Streifen überhaupt je geglaubt hat oder erst später nicht mehr, aber dass ihre Mutter ihre Gedanken lesen konnte, hat sie geglaubt und trainierte darum verbissen, an gar nichts zu denken, was ihr natürlich nicht gelang, weil, sobald sich die kleinste Lücke bot, irgendein Gedanke hindurchschlüpfte und sich in ihrem Kopf breitmachte. Nur wenn sie unausgesetzt den Satz: ich will an gar nichts denken, ich will an gar nichts denken, vor sich hindachte, konnte sie alle anderen Gedanken, die sie sich als kleine, glitschige, teils fötale oder verkrüppelte, in einem blasigen Gewässer schwimmende Gestalten vorstellte, daran hindern, in die sätzebildende Region ihres Kopfes aufzutauchen und für ihre Mutter lesbar zu werden. Als die Mutter eines Tages wieder einmal versuchte, durch ihre Augen in ihren Kopf zu dringen, wobei ihr Blick sich allmählich verdüsterte, bis sie wütend wurde und ausrief: Was in deinem Kopf vorgeht, möchte ich wirklich gerne wissen, hatte sie gewonnen. Mit der Zeit verfeinerte sie die Methoden, mit denen sie das Innere ihres Kopfes vor dem Zugriff der Mutter bewahrte. Sie zählte die blauen Punkte auf der Tischdecke und dachte jede einzelne Zahl sorgfältig vor sich hin, oder sie rezitierte stumm ein Gedicht, das sie gerade in der Schule gelernt hatte. Wichtig war vor allem, dass jede Sekunde, am besten jede Zehntelsekunde von einem Wort besetzt war. Am Ende, als es gar nicht mehr nötig war, weil sie unerwünschte Fragen der Mutter einfach hätte zurückweisen können, am Ende hatte sie gelernt, die gefährliche Bereitschaft ihres Kopfes zu blockieren, indem sie alles, was sie sah, im gleichen Augenblick benannte. Sie sah in das Gesicht ihrer Mutter und dachte: die Augen sind graublau, die Pupillen sind heute kleiner als sonst, die Fältchen über dem Mund laufen schräg aufeinander zu, auf dem Nasenrücken ist ein kleiner roter Fleck, die grauen Haare am Scheitel sind wahrscheinlich sieben Millimeter lang, die Bluse ist hellblau, der zweite Knopf von oben ist nicht geschlossen; so weiter abwärts, bis sie von ihr abließ oder, wenn die Mutter noch immer keine Ruhe gab, sie ihren Blick ausweiten musste, erst auf das Zimmer, dann durch das Fenster in die Bäume.

Nachdem sie einige Tage in der Galerie so vor sich hingewartet hatte, begann sie, was immer ihr vor die Augen kam – die Bilder, Passanten, Hunde, Schatten – in solchen einfachen Sätzen stumm zu benennen. Sie war fast immer allein, und es bestand nicht die geringste Gefahr, dass jemand sich ihrer Gedanken hätte bemächtigen können. Schlimmer war, dass sie sich vollkommen gedankenlos vorkam. Was immer sie zu denken versuchte, verlor sich, ehe es Gestalt annehmen konnte, in so allgemeinen Feststellungen, dass die Welt in einem beklagenswerten Zustand war, dass alles, Mensch Tier, Glück und Schönheit, nur noch als Geldwert zählte und sie selbst demzufolge längst wertlos war, weil sie mittlerweile wahrscheinlich schon mehr Kosten verursachte, als Wert produzierte. Oder sie überlegte, was sie Laura zum Geburtstag schenken könnte, eine an sich einfache und angenehme Beschäftigung, die sofort auf Abwege geriet und sie daran erinnerte, dass Laura vor einigen Wochen ihr Kind abgetrieben hatte und bald nach

Amerika gehen würde und dass sie sie dann vielleicht nur noch einmal im Jahr sehen und möglicherweise niemals Enkelkinder haben würde und dass die Welt nicht richtig eingerichtet sein konnte, wenn die Menschen sich nicht mehr fortpflanzen wollten und ihnen, was sie liebten, immerfort entrissen wurde und dass sie zu Recht aussterben würden, wenn sie an ihrem Menschsein gar keine Freude mehr empfinden könnten. Sie wollte aber nicht mehr über den Zustand der Welt oder die Natur des Menschen nachdenken, wozu sie sich jahrzehntelang verpflichtet gefühlt hatte und trotzdem immer noch weniger wusste, als sie in jedem intelligenten Sachbuch auch nachlesen konnte. Und so blieb ihr nur der Rückgriff auf ihre kindliche Erfahrung: Wie sie ihre Mutter in ihren Kopf nicht reingelassen hatte, ließ sie diese unliebsamen Gedanken jetzt nicht raus. Sie sperrte sie ein, indem sie unentwegt vor sich hersagte, was sie sah: der Untergrund des Bildes ist blutrot, in der linken unteren Ecke sieht man, in einem Dreieck zueinander gestellt, drei blaue Dächer. Aus dem Schornstein des linken Daches quillt zarter graublauer Rauch, in der oberen rechten Hälfte des Bildes schwebt eine Frau. Vor der Galerie steht ein Mann und sieht durch das Schaufenster, er hält seine Hand wie einen Schirm über die Augen. Der Mann geht weiter. Es regnet nicht mehr.

Am liebsten aber sah sie Bredow zu, wie er das Stück Straße vor der Tür bewachte, seine Ohrspitzen aufstellte, wenn etwas sein Interesse erregte, und sie wieder abklappte, wenn das Interesse erlosch; oder wie er, auf der Seite liegend und alle vier Beine in die gleiche Richtung gestreckt, schlief und dabei die Vorderpfoten zuckend bewegte, als liefe er im Traum fröhlich durch den Wald; oder wie er in unerschöpflicher Freude auf sie zugelaufen kam, sooft sie ihn rief. Da sie nichts über Bredows Herkunft wusste, versuchte sie, sich sein Vorleben und die Gründe für seine Aussetzung aus seinen Eigenarten und Gewohnheiten nach und nach zu einer plausiblen, wenn auch unscharfen Geschichte zusammenzureimen. Inzwischen glaubte sie, dass Bredow seine Kindheit in einer Vorstadt verbracht hatte, wo er allein mit einer älteren Frau lebte, die nicht mehr gut zu Fuß war, sodass Bredow wenig Kontakt zur Welt, vor allem zu anderen Hunden hatte, die aber häufig Besucher empfangen haben muss, weil Bredow Menschenansammlungen liebte und auf die Ankündigung, es käme Besuch, sofort erwartungsvoll zur Wohnungstür lief. Dass es eine alte Dame gewesen sein muss, glaubte sie, weil Bredow, sobald jemand sich aus dem Fenster lehnte, sich sofort drängelnd dazugesellte, als sei das für diese Art der Beschäftigung der ihm angestammte Platz. Als sicher konnte auch gelten, dass er

nicht in einer Wohnung, sondern in einem eigenen
Haus gelebt hat, sonst hätte er schon am Anfang gewusst, dass er nicht alle fünf Stockwerke ihres Hauses,
sondern nur die Wohnung zu bewachen hat. Warum
die alte Dame, bei der Bredow allem Anschein nach
eine schöne Kindheit verbracht hatte, ihn dann allein
gelassen hat, blieb unklar. Entweder war sie in einen
Unfall verwickelt, in dessen Folge der Hund verloren-
ging, denn es war seltsam, dass Bredow die Autos so
lange nicht fürchtete, wie er selbst nicht in einem saß,
aber unruhig, sogar panisch reagierte, sobald ihr
Auto zum Beispiel auf der Autobahn von anderen
Autos umringt war, was sie zwang, ständig alle vor-
geschriebenen Geschwindigkeiten zu überschreiten,
um unangefochten an der Spitze jedweder Kolonne
zu fahren. Oder aber die alte Dame wurde ins Kran-
kenhaus eingeliefert oder war sogar gestorben und
Bredow wurde von ihren herzlosen Erben mit einem
Auto dorthin gefahren, wo sie ihn dann gefunden hatte, was auch erklärt hätte, warum er anfangs bei jeder
Autofahrt kotzen musste. Über Bredow dachte sie gerne nach, lieber als über alles andere. In der Zeitung
hatte sie gelesen, Hunde seien die einzigen Tiere, die
in menschlichen Gesichtern lesen können. Sie setzte
sich also mit dem Rücken zum Eingang, damit niemand sie von außen beobachten konnte, rief Bredow,
ließ ihn vor sich sitzen und lachte ihn an, worauf Bre-

dow heftig mit dem Schwanz wedelte. Dann zog sie ihre Stirn in Falten und guckte böse, blieb aber stumm, um das Experiment nicht zu verfälschen. Bredow wurde nervös, sprang auf, stieß und schob seine Schnauze so lange gegen ihr Knie, bis sie lachen musste und ihn erlöste.

Sie rief Achim an, du darfst den Hund nicht so mürrisch ansehen wie mich, sagte sie, er merkt es.

Und du merkst es nicht?

Natürlich merke ich es, aber ich kann es mir erklären. Der Hund merkt es und kann sich nichts erklären. Er fühlt sich schuldig, das steht jedenfalls in der Zeitung, und ich habe es eben überprüft.

Du langweilst dich wohl in deiner Galerie?

Nein, sagte sie, ich weiß nicht, eigentlich nicht. Und du?

Ich arbeite, sagte Achim, und Johanna sagte: ich arbeite auch, ich bin hier.

Beef or chicken? Excuse me, beef or chicken? Sprechen Sie Deutsch? Rind oder Hühnchen? Die Stewardess bog sich ballerinenhaft über den Mexikaner und seine Begleiterin zu Johanna. Die leichte Ungeduld in ihrer Stimme tilgte sie mit ihrem unverdrossenen Lächeln.

Ja, deutsch, Beef please, sagte Johanna.

Ihre Uhr zeigte auf drei, in Mexiko war es sieben

Stunden früher, also acht Uhr am Morgen. Sie könnte die Uhr zurückstellen, dann würde sie zwar auch eine falsche Zeit angeben, die aber von Stunde zu Stunde richtiger würde, während sie so von Stunde zu Stunde falscher wurde. Selbst wenn sie gewusst hätte, wie spät es jetzt wirklich war, wäre das völlig belanglos. Die Zeit im Flugzeug zählte anders; zwölf Stunden, nur die zwölf Stunden zählten. Und tausend Kilometer in der Stunde. Es war der unwirklichste Zustand, den sie sich denken konnte: zwischen den Zeiten, zwischen den Orten, zwischen den Sprachen; nur die Wolkendecke unter ihnen erlaubte die Illusion von Erdnähe, unter Schnee begraben. Und sie dachte an Bredow, der mit Hannes Strahl vielleicht gerade über den aufgeweichten märkischen Acker tobte.

Das Auto stand an der Friedrichsbrücke. Er warf Münzen für eine weitere Stunde Parkzeit in den Automaten und schlenderte, vorbei am Alten Museum, über den Lustgarten. Er hatte den Platz zwischen Dom, Museum und Zeughaus immer Lustgarten genannt, obwohl der, solange er ihn kannte, dem Aufmarschplatz zwischen Breite Straße und Unter den Linden zugeschlagen war und wie dieser Marx-Engels-Platz hieß; und obwohl damals nichts an seiner schwarzgrauen steinernen Gestalt den Gedanken an Lust aufkommen ließ und bestenfalls ein paar magere Grashalme, die sich zwischen den Pflastersteinen ans Licht gekämpft hatten, an einen Garten hätten erinnern können. Als der Platz von seinem falschen Namen und später auch von seiner militanten Bepflasterung endlich befreit wurde, hatte Achim eine glückliche Genugtuung empfunden; so wie er als Kind erleichtert und zufrieden gewesen war, wenn im Märchen das Gute über das Böse gesiegt hatte und die Gerechtigkeit wiederhergestellt war.

Auf den frisch ausgerollten Rasenflächen rund um den Brunnen lagerten Paare, Grüppchen und Einzelne; Mädchen hatten die Hosenbeine über die Knie geschoben und boten ihre rosigen Beine der sommerlich heißen Aprilsonne dar. Für einen Augenblick überkam ihn die Lust, selbst da zu sitzen, wenigstens zum Schein einer dieser unbekümmerten Müßiggänger zu sein. Aber welchen Anblick böte er zwischen all dieser frühlingsbesoffenen Jugend? Wie ein kreislaufschwacher Greis würde er sich ausnehmen oder schlimmer: wie einer, der sein Bild nicht kannte, oder gar wie ein Voyeur, der sich an der Ungeniertheit der Liebespaare ergötzte. Er ging weiter in Richtung der Linden, wo auf der anderen Straßenseite die abgetakelte Zwingburg der proletarischen Diktatur wie zur Abschreckung herumstand, enthäutet, grindig, die braungläsernen Teile der Fassade, in denen sich früher der Dom gespiegelt hatte, nun verdreckt und stumpf. *Asbestsanierung im ehemaligen Palast der Republik* stand auf dem blauen Zaun, der die Baustelle zur Straße hin begrenzte. Ehemaliger Palast, dachte Achim, was für ein Unfug. Ein Palast ist ein Palast, der zwar ein zerstörter, verfallener, demontierter oder ausgebrannter Palast sein kann, aber kein ehemaliger. Dieses Ding war zwar nie ein Palast, sondern nur der *Palast der Republik*, aber das ist er immer noch, nur in einem anderen Zustand. Jetzt ist er der seiner

Haut beraubte, fast schon skelettierte, aber keinesfalls der ehemalige *Palast der Republik*. Selbst abgerissen würde er immer noch der Palast der Republik sein; dort stand der Palast der Republik, würde man dann sagen, und nicht: dort stand der ehemalige Palast der Republik, wie man ja auch nicht sagte: dort stand das ehemalige Schloss, sondern: dort stand das Schloss. Wogegen man allerdings sagen durfte: da steht der ehemalige Regierungssitz, wenn die Regierung, die das Gebäude einmal besessen hat, der Geschichte anheimgefallen war und das Gebäude mittlerweile einer anderen Nutzung übergeben. Nur die sekundären Eigenschaften einer Sache unterliegen der Ehemaligkeit, dachte Achim, nicht aber das Wesen. Er zum Beispiel, Achim Märtin, war zwar ein ehemaliger Mitarbeiter seines Instituts, aber niemand würde nach seinem Tod, wenn dann überhaupt noch jemand von ihm sprach, vom ehemaligen Achim Märtin sprechen, weil es sein Wesen war, Achim Märtin zu sein, die Eigenschaft als Institutsmitarbeiter hingegen nur seine Nutzung, so wie ein Gebäude als Regierungssitz genutzt werden konnte. Je länger er über das Wort ehemalig nachdachte, umso heftiger empörte ihn dessen öffentliche, gewiss genehmigungspflichtige und damit quasi amtliche Verwendung auf dem blauen Bauzaun. Nicht dass er für dieses unangemessen prahlerische Bauwerk je Sympathie empfunden hätte, so wenig wie für den Geist, den es verkörperte. Und gerade darum erbitterte es ihn, dass er jetzt mit ihm gemeinsam in den Sog der Ehemaligkeit geraten war. Nur ein einziges Mal hatte dieser Palast ihm zu einem Glücksgefühl verholfen. Das war im Jahr seiner Eröffnung, als die Demonstration am 1. Mai von der Karl-Marx-Allee auf den Marx-Engels-Platz verlegt wurde. Auf der Balustrade am unteren Drittel der Palastfassade standen die Oberhäupter der Regierung und der Partei und nahmen ihrem Volk, darunter auch er und Johanna, die Parade ab. Es war ein ähnlich warmer und sonniger Tag wie heute, und wenn der Anlass des kollektiven Spaziergangs den meisten auch peinlich war, beherrschte doch ein allgemeiner Frohsinn oder wenigstens eine der absurden Situation entsprungene Albernheit die Menschenmenge auf dem Platz. Lächerlich klein und kaum erkennbar klebten die Oberhäupter wie die Figuren eines Puppentheaters an der Fassade ihres symbolträchtigen Bauwerks, für das die ganze Republik ihre Bauarbeiter und Baumaterialien in die Hauptstadt hatte entsenden müssen, sodass für dieses eine Haus tausend andere im Land dem Verfall anheimgegeben waren. Und nun, im Augenblick des lange geplanten Triumphes, verschwanden die Bauherren bis zur Brust hinter der Betonverkleidung des langen schmalen Balkons, von manchen sah man nicht mehr als Kopf und

Strohhut, und selbst wer ihnen, aus Pflicht oder Nei-
gung, wirklich zujubeln wollte, ließ bald entmutigt
die Arme sinken. Johanna hüpfte vor Freude neben
ihm her und rief: das machen die nie wieder, das machen die nie wieder. Sie trug ein kurzes Lederröck-
chen, das die Schenkel gerade halb bedeckte, dazu
weiße Söckchen und kinderschuhähnliche Sandalen.
Weiße Söckchen waren damals wohl gerade in Mode.
Johanna behielt recht; im Jahr darauf marschierten
sie wieder durch die Karl-Marx-Allee. Damals waren
sie um die dreißig, er kurz danach und sie kurz davor.
Unsere ehemalige Jugend, dachte er, unsere ehemalige Jugend in diesem ehemaligen Staat.

Unschlüssig, in welche Richtung er nun gehen wollte, stand er eine Weile am Straßenrand. Er sah auf die
Uhr, es war halb drei. Johanna schwebte wahrscheinlich schon über dem Atlantik. Vielleicht sollte er in
die Bibliothek gehen oder in die Hedwigskathedrale
oder in die Universität und prüfen, ob die elfte Feuer-
bachthese von Marx noch immer über der Treppe
prangte. »Die Philosophen haben die Welt bisher
nur interpretiert. Es kommt aber darauf an, sie zu
verändern.«

Ein kleiner Mann, vielleicht ein Japaner oder Koreaner oder Chinese, sprang zwischen zwei Autowel-
len über die Fahrbahn, direkt auf ihn zu, verbeugte
sich und fragte etwas, was Achim erst nach der dritten

Wiederholung als Bitte um Auskunft nach dem Pergamon-Museum verstand. Ein Gefühl der Rührung überkam ihn, weil dieser Mann, der über tausende Kilometer nach Berlin geflogen war, seine Hilfe brauchte; weil er unter allen Passanten hier auf den Linden ihn gewählt hatte und ihn damit aus seiner Ziellosigkeit erlöste. Der Gedanke, dass unbekannte Menschen auf der ganzen Welt einander ansprechen und um Beistand bitten konnten und dass in diesem Augenblick er einer von denen war, deren Beistand gebraucht wurde, weitete ihm für Sekunden die Brust, und zugleich dachte er, wie einsam er sich wohl fühlen musste, wenn er sich an derlei erbauen konnte. Der kleine Japaner oder Chinese lächelte erwartungsvoll.

Kommen Sie, sagte Achim und bedeutete dem Mann, ihm zu folgen, ich muss in die gleiche Richtung. Woher kommen Sie? Where are you from?

From Korea, sagte der Kleine, nickte und lachte, Seoul.

Er besuchte für zwei Wochen seinen Bruder, der in Berlin als Koch arbeitete. Mehr konnte Achim seiner Erzählung, die wohl eher koreanisch als englisch klang, nicht entnehmen. Die zweite Hälfte des Weges liefen sie schweigend nebeneinander her, der Koreaner lachte ab und zu leise, nickte Achim zum Zeichen des Dankes oder der Freude mehrmals zu, und als sie sich vor dem Museum voneinander verabschiedeten, war Achim unsicher, ob er bedauern sollte, dass sie sich nicht besser hatten verständigen können.

Er lief zurück, in die Richtung, aus der er gekommen war. An der Monbijou-Brücke drängten ihn zwei russisch sprechende Männer vom Bürgersteig auf den Fahrdamm, sodass er fast unter einen Reisebus gefallen wäre. Er dachte an Igor, dessen Galerie nur ein paar Minuten entfernt war; dieser Russe, dieser gottverdammte Russe. Eine leere Colaflasche taumelte wehrlos auf der Spree und verschwand unter der Brücke. Achim wechselte die Seite und wartete, bis sie wieder zum Vorschein kam, als hätte das etwas zu bedeuten. Dieser gottverdammte Russe, dachte er noch einmal, dieser kahlgeschorene, muskulöse, geschäftstüchtige Snobtschik, dieser russische Sieger mit einem Faible für alternde Frauen. Von einem Mann wie Igor trennten ihn Welten, und ausgerechnet der vernebelte seiner Frau den Verstand. Schon während seiner Schulzeit hatte Achim Märtin in diesen Helden an Barren und Reck seine natürlichen Feinde erkannt. Noch heute betrachtete er voller Unbehagen Fotos aus dieser Zeit, auf denen er sich in einem dünnen, hoch aufgeschossenen, ungelenken Jüngling mit kurzen, in die Stirn gekämmten Haaren wiedererkannte. Er hatte nie durch einen Schulrekord im Hoch- oder Weitsprung imponiert oder einer siegreichen Fußballmannschaft angehört und hatte sich darum als Feld, auf dem er sich bewähren wollte, schon früh die geistigen Bereiche des Lebens gewählt. Er gehörte zu den zehn besten Abiturienten seines Jahrgangs in Greifswald, was ihm das Studium der Germanistik ermöglichte, obwohl sein Vater Arzt war und somit Vertreter einer Berufsgruppe, die neben den Pfarrern dem Staat am verdächtigsten war. Die Kampffelder hatte er in seinem Leben lieber gemieden. Er spezialisierte sich früh auf die Literatur und Geschichte des achtzehnten Jahrhunderts, trat keiner Partei bei, obwohl das dem Verzicht auf eine Dozentenstelle an der Universität gleichkam. Die akademische Institution, bei der er seit seiner Promotion gearbeitet hatte, galt als Auffangstelle für Wissenschaftler, die nach Maßgabe der Regierung von der Erziehung und Bildung der künftigen Eliten besser ferngehalten wurden. Trotzdem hatte Achim seinen Rückzug aus der Universität nie als Nachteil empfunden. Er hatte keine pädagogischen Ambitionen, es mangelte ihm auch an rhetorischer Begabung, öffentliche Auftritte strengten ihn an. Nur wenn er zwischen den getürmten Büchern in seinem Arbeitszimmer saß und seine Wissensmosaike millimetergenau zusammensetzte, fühlte er sich sicher und am richtigen, an dem für ihn im Leben vorgesehenen Platz, was Johanna seit einigen Jahren »mit dem Rücken zur Welt« nannte, womit sie, wie er vermutete, vor allem aber mit dem Rücken zu ihr meinte. Dabei tat er, was er all die Jahre getan hatte, seit sie zusammenlebten. Er hatte die Welt immer gelassener betrachtet als Johanna, was sie mit ihrem zur Erregung neigenden Temperament zwar hin und wieder aufgebracht hatte, von ihr aber zwanzig Jahre lang als eine zu ihm und seinem Beruf gehörige Wesensart akzeptiert, wenn nicht sogar bewundert wurde, jedenfalls hatte sie das so oft zu ihm gesagt: Sie bewundere seine Fähigkeit, sich den Verhältnissen zu entziehen, statt sich, wie sie, an ihnen zu verschleißen. Und jetzt sah es so aus, als hätte Johannas Bewunderung auf einem Missverständnis beruht, als hätte sie seine Weltabgewandtheit für eine andere Form des Widerstands gehalten, die sie beide enger miteinander verband, als dass sie sie voneinander schied. Aber der Gegner, dem Johanna seinen Widerstand zugeordnet hatte, war über Nacht in die Äonen der Geschichte eingegangen; der Staat, als dessen Feind sie sich beide verstanden hatten, als lächerliche Missgestalt von der Weltbühne gejagt worden. Der Triumph darüber sei das letzte große Gefühl gewesen, das sie beide miteinander geteilt hätten, behauptete Johanna. Seitdem dachte er darüber nach, was oder wer Johanna seitdem zu großen Gefühlen, von denen er allerdings nichts bemerkt hatte, hingerissen haben könnte. Außer dem Hund na-

95

türlich. Aber vielleicht versteckte sie hinter ihrer Vergötterung des Hundes eine ganz andere Liebe, ebenso unangemessen und fast lächerlich, wenn er Johannas Alter bedachte, aber folgenschwerer. Vielleicht war ja der Russe nicht nur der Provokateur, für den er ihn bisher gehalten hatte, der sich einen Spaß daraus machte, Frauen im Klimakterium ihre nicht nachlassende Attraktivität vorzugaukeln, vielleicht ging es ja um mehr, um viel mehr, um etwas, das ihm mit seinem biederen deutschen Verstand gar nicht einfallen konnte, das nur so einem glattrasierten Russenschädel entspringen konnte und wovor er seine Frau hätte beschützen müssen, als es noch nicht zu spät war.

Gestern, nach dem Frühstück, hatte er vom Korridor aus gehört, wie sie telefonierte. Er hätte in sein Zimmer gehen können oder ins Bad, aber er blieb stehen. Ein warmes Flirren in Johannas Stimme, von dem er zu wissen glaubte, für wen es bestimmt war, hielt ihn fest. Es ging um Flyer, die bestellt werden mussten, und einen Schlüssel, den die Putzfrau brauchte, nur Belangloses, Unverdächtiges, außer dem Flirren in Johannas Stimme. Später hatte er sie gefragt, was an diesem schlitzohrigen Russen eigentlich so unwiderstehlich sei.

Dass er mich behandelt, als sei ich eine Frau, sagte sie.

Und was dann, fragte er.

Dann tu ich so, als sei ich eine, sagte Johanna und küsste den Hund, der ergeben vor ihr saß, mitten auf seine schwarze Schnauze, neigte den Kopf leicht zur Seite, bedachte Achim mit einem langen, erwartungslosen Blick, zuckte dann resigniert mit der rechten Schulter und sagte: Ja.

Und wie sieht das aus, wenn du so tust, als wärst du eine Frau, fragte Achim.

Frag doch Igor, wenn du es vergessen hast, sagte Johanna. Weißt du, wo die schwarze Reisetasche ist?

Die Colaflasche hatte sich in der Gabelung eines Astes verfangen, der selbst in einer Mauernische gestrandet war und da auf den nächsten Regen und eine befreiende Strömung warten musste.

Frag doch Igor, hatte sie gesagt. Igor sollte ihm sagen, was seine eigene Frau tat, wenn sie so tat, als sei sie eine Frau. Er selbst konnte es nicht wissen, weil er sie angeblich nicht behandelte wie eine Frau und sie sich demzufolge auch nicht so verhielt. Zwanzig Jahre hatte er sie scheinbar richtig behandelt und nun plötzlich falsch. Und wenn er auf diesem Niveau von Frauenzeitschriften schon diskutieren sollte, könnte er auch fragen, ob Johanna ihn denn behandelte wie einen Mann. Früher hatte sie sich, auch wenn er Stunden nach ihr ins Bett kam, noch einmal wecken lassen, oder sie war selbst erwacht, weil sie ihn, sogar wenn sie schlief, erwartete. Jetzt stellte sie sich oft

schlafend, was ihm ihr bemüht ruhiger und gleich-
mäßiger Atem verriet. Sie wusste eben nicht, wie sie
wirklich atmete, wenn sie schlief. Johannas sexueller
Enthusiasmus war versiegt. Auch die gelegentlichen
Liebesakte zwischen ihnen gestalteten sich eher
freundschaftlich vertraut als leidenschaftlich, und
wann Johanna zum letzten Mal ein sexuelles Begehren hat erkennen lassen, wusste er gar nicht mehr.
Manchmal ergab sie sich seinem Drängen, mehr
nicht. Seit sechs oder sieben Jahren war das so, seit
der Geschichte mit Maren, obwohl Johanna behauptete, an Maren so gut wie niemals mehr zu denken.
Sie wisse nur nicht, wie sie, nachdem er sie den ganzen Tag behandelt hätte wie irgendein Möbelstück,
sich in der Nacht aus einem Möbelstück wieder in
eine Frau verwandeln sollte, sagte sie. In der letzten
Zeit schloss sie, so oft sie an seinem Arbeitszimmer
vorbeikam, die Tür, was sie meistens mit einem für
ihn bestimmten, aber an den Hund gerichteten Satz
kommentierte. Diesen Rücken wollen wir jetzt gar
nicht mehr sehen, sagte sie dann zu Bredow; oder:
diesen Mann, der uns immer nur seinen Rücken
zeigt, sperren wir jetzt weg, oder etwas ähnlich Kin-
disches. Aber warum regte er sich eigentlich auf. Seine Frau war verreist, sonst nichts. Wenn Johanna
ohne ihn für Wochen nach Basekow fuhr, beunruhig-
te ihn das nicht im Geringsten. Und nun flog sie eben

zu einer verrückten alten Russin nach Mexiko. Trotzdem fühlte er sich verlassen. Das hat sie gewollt, dachte er, sie hat gewollt, dass er jetzt allein und ziellos die staubigen Straßen ablief, während sie zehntausend Meter über der Erde auf das Land der Maya und Azteken zuflog. Sie hat gewollt, dass er sich verlassen fühlte. Vielleicht war ja der Russe auch auf dem Weg nach Mexiko. Oder er war längst da, und nicht diese Natalia erwartete Johanna am Flugplatz, sondern der Kahlkopf.

Er wusste längst, dass er nur noch auf der Brücke stand und auf die gefangene Colaflasche starrte, weil er in den nächsten Minuten seine Schritte nach links, in die Torstraße lenken würde und weiter in die Auguststraße bis vor Igors Galerie. Trotzdem blieb er stehen, als hätte er die Wahl, als könnte er ebenso gut nach rechts gehen, zurück zu seinem Auto, und endlich nach Hause fahren, sich an seinen Schreibtisch setzen, wo er die Welt vorfinden würde, wie sie gestern und vorgestern und vor einer Woche war. Aber er würde nach links gehen in Richtung Torstraße und weiter zur Auguststraße bis vor die Galerie, weil er wissen musste, ob der Russe nach Mexiko geflogen war oder nicht.

Ein Plong weckte Johanna aus dem Halbschlaf, und diesmal teilte der Pilot persönlich mit, dass man demnächst eine Schlechtwetterzone mit einigen Turbulenzen durchfliegen werde, weshalb das Anlegen der Sicherheitsgurte geboten sei. Seine Stimme klang furchtlos und gelassen wie alle anderen Pilotenstimmen, an die Johanna sich erinnerte. Ganz sicher gehört das zur Ausbildung, dachte sie, bestimmt werden Pilotenstimmen trainiert wie Schauspielerstimmen. Es konnte kein Zufall sein, dass alle Piloten der Welt diese beruhigenden, unerschütterlichen Stimmen hatten, die ihnen wahrscheinlich nicht einmal drei Sekunden vor dem Absturz versagen würden, was bedeutete, dass man dem Versprechen, das in so einer Pilotenstimme lag, keineswegs vertrauen konnte. Und vielleicht steuerten sie ja in diesem Augenblick nicht auf irgendeine beliebige Schlechtwetterzone mit leichten Turbulenzen zu, sondern geradewegs auf eine Katastrophe, und der Mann mit dieser festen väterlichen Stimme wusste genau, dass ihrer aller

Leben nur noch an einem seidenen Faden hier oben im Himmel hing, und er hoffte auf ein ungeheures Glück oder, wenn er gläubig war, auf Gottes Beistand, um sich und sie alle vor dem Tod und einem unauffindbaren Grab auf dem Grund des Ozeans zu erretten. Und wenn nun wirklich? Was würde sie denken, während das Flugzeug im Sturzflug auf das Wasser zuraste, wenn man dann überhaupt noch dachte und sich nicht nur schreiend und wimmernd an dem festhielt, der gerade neben einem saß. Wie lange würde es dauern von hier oben bis auf die Erde oder ins Meer, wenn die Maschine nicht sofort explodierte und das Leben in einem einzigen gewaltigen Krach endete und ihr gerade eine Sekunde blieb, um zu verstehen, dass unwiderruflich Schluss war, und keine zweite, um das zu bedauern. Vor einem Jahr, bei dem Anflug auf Palermo, als das Flugzeug plötzlich in eine so steile Schräglage geriet, dass sie für einen Moment glaubte, es könnte abstürzen, hatte sich unter den jähen Schreck ein wehrloses Einverständnis gemischt. Wäre sie damals gefragt worden, warum ein Aufschub in ihrem Fall unerlässlich, ja, überhaupt nur lohnend sei, hätte sie nichts antworten können, wovon wenigstens sie selbst überzeugt gewesen wäre. Aber jetzt, da ihr endlich etwas eingefallen war zu ihrem Leben, da sie im Begriff war, die Endlosschleife, zu der es geraten war, zu zerreißen und die albtraumhaften Wiederholungen, in denen alle Tage zu einem schrumpften, endlich zu beenden, jetzt wäre es niederträchtig und ungerecht gewesen, sie daran zu hindern, obwohl sie es genau darum für möglich hielt. Johannas heidnische Schicksalsgläubigkeit ließ sie hinter jedem Anflug von Glück ein drohendes Unheil wittern. Das Schicksal stellte sie sich vor als einen gestaltlosen Experimentator, der manisch Jahrhundert um Jahrhundert, Jahrtausend um Jahrtausend Fallhöhen bestimmte und ihre Wirkung abmaß. Es hob so ein Menschlein in eine der Glückssphären, ließ es von da fallen, registrierte neugierig das Bersten, Splittern und Krachen, zählte die Toten, Scheintoten, Schwer- und Leichtverletzten, griff sich wahllos ein paar Überlebende, die einer zweiten Prozedur unterzogen werden sollten, und ließ die anderen laufen. Glück war immer nur die erste Phase des Experiments. Beruhigend war eigentlich nur, dass ihr derzeitiger Zustand zwar nicht unglücklich, aber auch keinesfalls glücklich genannt werden konnte; mehr als die Bezeichnung hoffnungsvoll gab er nicht her, also keine lohnende Fallhöhe für den Experimentator. Sie taugte als Testperson schon lange nicht mehr. So glücklich, dass sie den Sturz ins Unglück befürchtete, war sie zum letzten Mal nach Lauras Geburt gewesen. Damals konnte es passieren, dass sie in den schönsten Augenblicken in Tränen ausbrach, weil ihr jäh und

vollkommen grundlos Lauras oder ihr eigener Tod
vor Augen stand. Jede Autofahrt erschien ihr lebensgefährlich, nachts stellte sie den Babykorb dicht neben ihr Bett, sodass sie den fast unhörbaren Atem ihres Kindes spüren und ihre Hand auf den kleinen
warmen Körper legen konnte. Sie fuhr an einem
Sonntag mit dem Kind in die Charité, weil ihr die
Nähte zwischen den Schädelknochen zu breit vor-
kamen und sie kurz zuvor eine Sendung über Wasser-
köpfe gesehen hatte. Erst im zweiten Jahr begann sie
allmählich zu glauben, dass ihr unfassbares Glück Bestand haben könnte. Seitdem war ihr, abgesehen von
dem wundergleichen, weltverändernden Mauerein-
sturz im Schicksalsjahr 1989, der aber ein Massenerleb-
nis war, für das der Experimentator eine ganze Bevöl-
kerung hätte einkassieren müssen, abgesehen also
von diesem geschichtlichen Beben war ihr in den letzten siebenundzwanzig Jahren nichts zugestoßen, das
ihr als überwältigendes und darum gefährliches
Glück erschienen wäre. Dabei war sie in all den Jahren mit ihrem Leben, wenn sie von den allgemeinen,
durch sie selbst nicht zu beeinflussenden Umständen
absah, nicht unzufrieden. Außer dem Drama mit Maren hatte Achim ihr nicht viel zugemutet, obwohl für
sie danach nichts mehr war wie vorher. Und Laura
war, entgegen allen frühen Befürchtungen, ohne nen-
nenswerte Komplikationen aufgewachsen. Sie war ge-

sund, begabt, ehrgeizig, ein bißchen zu ehrgeizig, wie
Johanna manchmal fand, wobei sie nicht sicher war,
ob sie nicht nur bedauerte, dass sie einander so selten
sahen und dass ihre Tochter, wenn Laura erst einmal
in Amerika lebte, in ihrem Leben vor allem als Erinnerung und Sehnsucht vorkommen würde. Bis vor einigen Monaten hätte Johanna sich als zufrieden bezeichnet, wenn die anhaltende Freudlosigkeit, die
sich über ihren ehelichen Alltag seit einigen Jahren
wie Mehltau gelegt hatte, sie auch bedrückte, von ihr
aber zugleich in geheimnisvoll ererbter Demut, als geradezu gesetzmäßige Begleiterscheinung ihres Alters
hingenommen wurde. Sie war vierundfünfzig, und
das, glaubte sie, war ein Alter, in dem Frauen in den
Augen der Männer, auch ihrer Ehemänner, aufhör-
ten, Frauen zu sein. Und dann war plötzlich Igor auf-
getaucht; und zwei Tage später der Hund.

Vier Wochen, nachdem sie den Hund gefunden
hatte, fuhr sie für drei Tage zu ihrem Verlag nach
Köln. Sie hatte Achim eine Liste mit genauen Anga-
ben zu Bredows Tagesablauf und Freßgewohnheiten
hinterlassen, ausreichend Trocken- und Dosenfutter
gekauft, und Achim hatte schwören müssen, regelmäßig Bredows Wassernapf nachzufüllen und den
Hund nachts niemals von der Leine zu lassen. Achim
zeigte zwar keine besondere Zuneigung für den
Hund, trotzdem war Johanna sicher, dass er ihn gut

versorgen würde, schon um ihr zu beweisen, dass er
dazu imstande war. Sie hätte sich also um Bredow keine Gedanken machen müssen. Aber schon während
der Hinfahrt gelang es ihr nicht, sich auf ihre Lektüre zu konzentrieren, weil sie bei fast jedem Wort, das
sich mit Bredow auch nur entfernt in Verbindung
bringen ließ, gleich an ihn denken musste. Und
dazu eigneten sich viele Wörter: liegen, laufen,
Durst, warten, schnaufen, Sofa, Platz; die meisten
Wörter gaben einen geeigneten Hintergrund für Bredow ab. Und wenn Johanna erst einmal an ihn dachte, empfand sie große Lust, sich dieser Beschäftigung
vollkommen hinzugeben und sich vorzustellen, wie
er jetzt neben Achims Stuhl lag oder an der Wohnungstür und bei jedem Geräusch im Treppenhaus
die Ohren aufstellte und sie wieder anlegte, weil nur
irgendjemand nach Hause kam und nicht Johanna;
oder wie sich bei ihrer Rückkehr die ganze Energie
seines Hundeglücks in einer Serie von Freuden-
sprüngen entladen würde, begleitet von menschen-
ähnlichem Schluchzen, das erst allmählich in mitteil-
sames, gellendes Bellen überging. Dass sie für ein
Wesen auf dieser Erde das Paradies sein konnte, dass
allein ihre Anwesenheit genügte, um hemmungslose
Freude zu entfachen, weckte in ihr ein Gefühl, das
sie schon lange nur noch aus der Erinnerung kannte,
eine verwirrende Erregung, schmerzhaft und erha-

ben, die sie mit allem Irdischen verband und die alles Profane tilgte und sie für Momente glauben ließ, sie hätte endlich die Bestimmung allen Lebens, auch ihres eigenen, verstanden. Sie war froh an sich selbst, wenn sie an Bredow dachte, so wie sie sich vor dreißig Jahren besser, schöner und klüger gefühlt hatte, als Achim und sie sich gefunden hatten. Das meinen die Leute wohl, wenn sie sagen, jemand sei auf den Hund gekommen, dachte sie, wenn nur noch ein Hund sich über deine Liebe freut. Aber die das sagen, erfahren vielleicht nie, was mit ihnen los ist. Würde Bredow nicht allmorgendlich mit seiner Liebe über sie herfallen, wüsste vielleicht auch sie immer noch nicht, warum ihr jeder Blick in ihre Zukunft nichts als Zeit offenbarte, öde, steppenähnliche Zeit, die sie zu durchqueren hatte und an deren Ende sie nichts erwarten würde als ihr Ende. Liebe, hatte sie damals gedacht, es geht um Liebe.

Und nun flog sie nach Mexiko, allein.

Mit einem zweiten Plong erloschen die Piktogramme, die zum Anlegen der Gurte aufforderten. Offenbar lagen die Turbulenzen vorerst hinter ihnen. Johanna blätterte in den Papieren auf ihren Knien, Artikel über Leonora Carrington, zwei englische Interviews, Natalias Briefe. Der zweite war schon an sie adressiert.

Liebe Johanna,

Sie gestatten mir hoffentlich die vertrauliche Anrede, aber Sie sind eine Freundin meines lieben Freundes Igor Maximowitsch, und ein gemeinsamer Freund verbindet, manchmal sogar mehr als ein gemeinsamer Vater, nicht wahr?

Sie kennen Leonora nicht? Das müssen Sie unbedingt nachholen. Vielleicht sollten Sie sich zuerst ihre Bilder ansehen, es gibt Kataloge, das weiß ich. Oder vielleicht lesen Sie doch lieber erst das »Hörrohr«, ja, das ist besser, lesen Sie das »Hörrohr«. Leonora behauptet, sie hätte dieses Buch schon in ihrer Jugend geschrieben, dann das Manuskript verloren und später wiedergefunden, aber ich bezweifle, dass sie tatsächlich schon in der Jugend so viel über die Malaisen des Alters gewusst haben soll. Obwohl man das bei Leonora wirklich nie genau wissen kann. Sie war schon immer total verrückt. Und schön, so schön, wie sie verrückt war. Dabei fällt mir auf, dass ich über Sie gar nichts weiß, nicht einmal, wie alt Sie sind. Während ich an Sie schreibe, habe ich das Bild einer jungen, vielleicht nicht mehr ganz jungen Frau vor mir. Eigentlich ist das nicht besonders wichtig, weil im Verhältnis zu mir fast jeder Mensch jung ist. Wenn ich jemanden treffe, der nur zwanzig Jahre jünger ist als ich, habe ich schon den Eindruck, einen Gleichaltrigen vor mir zu haben. Und Gleichaltrige, wenn sie überhaupt noch leben, sind mir meistens zu alt. Ja, meine Liebe, so ist das, wenn man so alt wird wie ich. Schon darum war ich so begeistert, als ich erfuhr, dass Leonora noch lebt, denn dass Leonora auf gewöhnliche

Art alt geworden sein sollte, konnte ich mir nicht vorstellen. Und alles, was ich bisher gehört habe, bestätigt meine Hoffnung. Zwei junge Frauen vom hiesigen Kunstmuseum – bei meiner Suche nach Leonora lerne ich alle möglichen Leute kennen – die beiden sagen sogar, Leonora sei immer noch sehr schön und hätte noch immer ihre wilden schwarzen Haare. Dagegen behauptet ein alter Freund von Leonora, mit dem sie sich aber vor zwei Jahren furchtbar zerstritten hat, Gustavo Eisermann behauptet, sie sähe aus wie eine Hexe mit wirrem Medusenhaar, das sie mit vielen kleinen schwarzen Kämmchen mühsam zusammenhielte. Aber vielleicht ist Gustavo auch nur wütend auf Leonora, weil sie ihn bei diesem Streit aus ihrer Wohnung geworfen hat, und das, wie Gustavo erzählt, wegen eines lächerlichen Witzes, den Leonora frauenfeindlich fand. Gustavo behauptet auch, Leonora sei Feministin. Das kann ich mir aber überhaupt nicht vorstellen, sie hat die Männer immer geliebt. Am meisten Max, oh Gott, war das eine Liebe. Aber davon erzähle ich Ihnen ein andermal.

Bitte, meine Liebe, schreiben Sie mir doch auch ein bißchen, wie Sie aussehen, welche Haarfarbe, wie groß und diese Dinge. Dann habe ich mehr Freude, wenn ich Ihnen schreibe. Und es ist mir wichtig, meine Erlebnisse hier jemandem zu schreiben, ich merke sie mir dann besser.

Wenn Sie mehr über Leonora wissen wollen, fragen Sie nur, aber lesen Sie unbedingt das »Hörrohr«.

Mit herzlichen Grüßen
Ihre Natalia Timofejewna

*P. S.: Ich habe einen Laptop gekauft und, morgen wird Mari-
annas Enkel ihn an das Internet anschließen. Dann kann
ich Ihnen in meinem hübschen kleinen Zimmer in Mariannas Haus schreiben.*

Gleich am nächsten Tag hatte Johanna in ihrer Buch-
handlung nach dem »Hörrohr« gefragt, aber nur herausgefunden, dass es seit Jahren vergriffen und sogar
antiquarisch schwer und nur zu enormen Preisen auf-
zutreiben war. Stattdessen fand sie ein Bändchen
über Carrington, in dem auch einige ihrer Bilder zu
sehen waren. Am besten gefiel ihr ein Selbstporträt
mit dem Titel »A l'auberge du Cheval d'Aube«; eine
junge Frau mit ungebändigtem Haar auf einem zierli-
chen blau-roten Sessel. Sie trug weiße, trikotartige Ho-
sen, dazu schwarze Strümpfe und elegante schwarze
Schuhe, unter ihrer offenen olivgrünen Jacke einen
dünnen Pullover. Hinter der Frau schwebte in Höhe
ihres Kopfes ein weißes Schaukelpferd vor einer grau-
en, leicht blaustichigen Wand. Durch das von schweren goldgelben Vorhängen gerahmte Fenster sah
man in einen Pinienhain. Ein weißes Pferd jagte in
gestrecktem Galopp vorbei. Eine Hyäne mit prallem
Gesäuge tänzelte graziös vor der Frau, die ihre Hand
nach dem Tier ausstreckte. Die Frau und die Hyäne
schauten herausfordernd auf den Betrachter, und beider Blicke ließen keinen Zweifel: Sie gehörten zusam-

men. Es schien, als hätte die Frau sich nur für eine Minute auf dem Sessel niedergelassen, sie saß aufrecht, sprungbereit, die linke Hand am Rand der Sitzfläche, als wollte sie sich im nächsten Augenblick abstützen, um aufzustehen. Eine gespannte Entschlossenheit ging aus von der Frau, die offenbar mit seltsamen Mächten im Bunde war.

So war ich nie, dachte Johanna, als sie das Bild zum ersten Mal sah, nie so wild, nie so entschlossen. Laura war so, nur die Fabeltiere passten nicht zu ihr. Johanna bewunderte ihre Tochter für das ungestüme Wesen, mit dem sie in die Welt drängte, obwohl sie die Unerbittlichkeit, mit der Laura hinter sich ließ, was sie behinderte, auch erschreckte. Aber vielleicht wäre sie, Johanna, zufriedener mit ihrem Leben, wenn sie mehr von diesen Frauen in sich hätte, von Laura und der Frau auf dem Bild. Manchmal vermutete sie, irgendwo müsste es auch in ihr stecken, das Wilde und Bedenkenlose; woher sonst dieses immer wiederkehrende Gefühl zwischen Neid und Bewunderung und der Verdacht, dass sie irgendwann an einer Kreuzung den falschen Weg gewählt hatte und später, als sie den Fehler erkannt hatte, nicht umgekehrt war, weil sie hoffte, auch dieser Weg müsse schließlich an ein Ziel führen.

Leonora. Die schöne Tochter aus reichem Hause mit der Sprengladung aus mütterlichem irischem

Blut und keltischen Ammenmärchen im Leibe. In Johanna regte sich die professionelle Neugier, wie immer, wenn ihr schien, in einer fremden Biografie ließe sich etwas finden, das ihr Aufschluss geben könnte über die Wirrnisse ihres eigenen Lebens. Obwohl sie sich vorgenommen hatte, endlich mit dem Biografienschreiben aufzuhören, weil sie es leid war, fremden Lebenswegen wie ein Schatten zu folgen, ordnete sich in ihrem Kopf alles, was sie über Leonora erfuhr, nach Verwertbarkeit und Folgerichtigkeit, nach Krisen und Höhepunkten, spürte sie nach dem Ureigensten, dem Ursprung ihrer Biografie und formulierte die Frage, die sie ihr beantworten sollte.

Für Leonora gab es keine falschen Wege, jeden Weg machte sie zu ihrem. Sie sei schon Surrealistin gewesen, ehe sie wusste, dass es die Surrealisten gab, behauptete sie, und ihre Welt sei schon immer bewohnt gewesen von den Fabelwesen ihrer Bilder. Und befragt, ob Max Ernst ihr Malen beeinflusst hätte, sagte sie, höchstens ein bißchen kochen hätte sie bei ihm gelernt. Wenn es stimmte, was Natalia schrieb, dann hatte Leonora bei Max Ernst gar nichts gelernt, denn nach Auskunft von Gustavo, aber auch aller anderen Freunde und Feinde, die Natalia inzwischen ausfindig gemacht hatte, galten Dinnereinladungen bei Leonora als Mutproben, und das nicht nur wegen ihrer alchimistischen Kochexperimente, die schon während ihrer Pariser Zeit berüchtigt waren und von André Breton, der behauptete, die Neugierde hätte Leonora ihr Heil fast nur noch im Verbotenen suchen lassen, lieber gemieden wurden.

Leonora. Als Kind schrieb sie in Spiegelschrift. Vielleicht war sie nur aufsässig oder eigensinnig, vielleicht aber war es schon damals der Drang, nichts gelten zu lassen als das, was es zu sein schien. Mensch war nicht nur Mensch; Tier nicht nur Tier, Pflanze nicht nur Pflanze. In Leonoras Bildern tummelten sich phantastische Mischlinge, nie gesehene Tier- und Menschengewächse, in geheimnisvoller Mission unterwegs. Die kamen aus Leonoras Kinderzimmer; die, sagt sie, seien zusammen mit ihr auf die Welt gekommen. Was Leonora über ihr Leben erzählt, klingt, als hätte sie nie die Wahl gehabt, als sei sie überhaupt nur geboren worden, um diese Bilder zu hinterlassen, die gemalten wie die geschriebenen, und als sei alles andere nur eine Frage der Energie gewesen. Energie schien ein Lieblingswort von ihr zu sein, fast im Range eines Zauberworts. Aber wenn Leonora nie die Wahl hatte, warum sollte dann sie, Johanna, die Wahl gehabt haben. Ihr hatte nichts und niemand eingegeben, nur noch in Spiegelschrift zu schreiben, ihr waren keine anderen Fabeltiere im Traum erschienen, als sie in Märchenbüchern gesehen hatte. Sie war genau so wahllos ordentlich, wie Leonora außerordentlich war, und wahrscheinlich hat es nicht einmal eine Kreuzung gegeben, an der sie den falschen Weg gewählt hat. Auch wenn sie sich gewünscht hatte, bedenkenloser und wilder zu sein, war der Wunsch immer abstrakt geblieben, und ihre Phantasie hatte ratlos Ausschau gehalten nach einem passenden Feld, auf dem sie sich so ungewohnt hätte bewähren können. Aber jetzt, dachte Johanna, jetzt fliege ich nach Mexiko. Ich fliege nach Mexiko, weil Leonora Natalia dahin gezogen hat; und Natalia mich.

Alle Restaurants hatten den Straßenbetrieb eröffnet. Achim lief auf dem schmalen Streifen, den die Tische und Stühle vom Bürgersteig ließen, wie auf einem Laufsteg, vorbei an den sich sonnenden Espressotrinkern und Nudelessern. Er fühlte sich unbehaglich, und ihm war zu warm in seinem wollenen Jackett. Igors Galerie lag zwischen einem Thailänder und einem Italiener. Aus der offenen Tür des Thailänders quoll ein warmer, aromatischer Geruch, den er keiner Speise zuordnen konnte, der ihn aber auf den Gedanken brachte, er könnte Hunger haben, obwohl er erst vor drei Stunden ausgiebig gefrühstückt hatte. Er lief langsam, ließ seine Blicke die Fassaden auf- und abwärts wandern wie ein Wohnungssuchender, der kahle, blinde Fenster ausspäht. So könnte er, ohne stehenzubleiben, unauffällig kontrollieren, ob der Russe in seiner Galerie war oder nicht. Im Gehen zog er seine Jacke aus und hängte sie über die Schultern; seine italienische Pose, nannte Johanna das.

Igor lehnte im Türrahmen seiner Galerie und sonnte sich. Ehe Achim überlegen konnte, wie eine Begegnung noch zu vermeiden sei, rief Igor: Herr Doktor, welch eine Überraschung, wollen Sie zu mir?

Achim sagte, was er sich für einen derartigen Unfall zurechtgelegt hatte: er hätte eigentlich einen Freund besuchen wollen, gleich hier um die Ecke, ob Igor Richard kenne, Richard Steiner, ein alter Freund, der aber leider nicht zu Hause gewesen sei. Er, Achim, hätte am Morgen seine Frau zum Flugzeug gebracht und sich danach von dem schönen Wetter verführen lassen. Er hörte sich »meine Frau« sagen, nicht einfach Johanna, sondern »meine Frau«, und fand sich lächerlich. Frag Igor, hatte sie gesagt, wenn du wissen willst, wie ich bin, wenn ich so tue, als sei ich eine Frau.

Igor trat mit einer einladenden Geste aus dem Türrahmen. Möchten Sie einen Tee?

Aus Tschechows Samowar? fragte Achim.

Igor lachte. Jaja, das hat Johanna offenbar beeindruckt. Zucker?

Und gehen Ihre Geschäfte gut, fragte Achim.

Igor zündete sich eine Zigarette an, nahm einen Schreibblock, der auf dem kleinen Tisch zwischen ihnen lag, lehnte ihn schräg gegen sein übergeschlagenes Knie, sodass Achim nicht erkennen konnte, ob er etwas notierte oder nur vor sich hin kritzelte. Der Russenboom ist vorbei, sagte er, was ich als Geschäftsmann bedaure, als Kunstliebhaber aber durchaus begrüße. Dabei musterte er Achim, als erwarte er die nächste Frage, fuhr dann wieder in undeutbarer Absicht mit dem Stift über das Papier.

Da saß er, dieser arrogante Russe, dachte Achim, und weidete sich an seiner idiotischen Lage. Und diese provozierende Vertraulichkeit, mit der er Johannas Namen aussprach, ganz beiläufig, als gehörte dieser Name zu seinem intimsten Leben. Gut, jetzt wusste er, dass Igor nicht nach Mexiko geflogen war, aber was hieß das schon? Etwas war passiert, das der Russe wusste und er, Achim, nicht. Wenn er sich jetzt wenigstens eine Pfeife stopfen könnte, aber er hatte die Pfeifentasche im Auto gelassen. Warum war er nicht überhaupt nach Hause gefahren, sondern saß jetzt hier, ein lächerlicher Ehemann, der sich von einem dahergelaufenen Bilderhändler Aufklärung über seine Lage erhoffte.

Haben Sie ihr diese Mexikoreise eingeredet, fragte er endlich und bereute im selben Augenblick, die Frage gestellt zu haben, auf die ihm schon Johanna mit einem kalten Blick die Antwort verweigert hatte. Später, es war schon Nacht, kam sie, ein Weinglas in der Hand, in sein Zimmer. Sie wolle nur etwas wissen, sagte sie, und dann, weil er, ohne aufzusehen nur *ja, bitte* gesagt hatte, mit plötzlicher Wut: dreh dich wenigstens um. Er drehte seinen Stuhl mit einer kleinen Schwingung um hundertachtzig Grad. Mit einem vom Wein geröteten Gesicht und in einer ihm unerklärlichen Erregung fragte sie, ob er wirklich glaube, sie brauche einen anderen Grund als ihn und seinen Rücken und ihr ganzes trostloses Leben, um sich weit weg zu wünschen, nach Mexiko oder sonstwohin; ob er vielleicht sogar glaube, sie sei inzwischen seinem Rücken angewachsen, sodass er sich gar nicht mehr nach ihr umdrehen müsse, um sicher zu sein, dass sie noch da sei, das wolle sie nur wissen, sagte sie und blieb vor ihm stehen wie eine Amtsperson, die ihr gesetzlich verbürgtes Recht auf eine Auskunft einforderte.

Findest du nicht, dass du in letzter Zeit ein bißchen zuviel trinkst, fragte er. Ich will wissen, ob du das glaubst oder nicht, sagte Johanna noch einmal und hielt sich an ihrem Weinglas fest. Vielleicht sollten wir darüber ein andermal reden, sagte Achim. Johanna streckte ihren Rücken, drehte sich um und ging mit steifem Kreuz aus seinem Zimmer. Der Hund, der bis dahin zu ihren Füßen gelegen hatte, trottete unaufgefordert hinter ihr her.

Achim hatte auch in den Tagen danach ihre Frage nicht beantwortet, und Johanna hatte sie ihm nicht noch einmal gestellt.

Mit leicht zusammengekniffenen Lidern sah Igor abwechselnd auf Achim und auf seinen Schreibblock, schrieb oder zeichnete nur Männchen, fragte: Was wäre anders, wenn ich es ihr geraten hätte?

Was heißt anders, sagte Achim, ich will es einfach wissen.

Warum bringt Johannas Reise Sie eigentlich so aus der Fassung?

Achim sann auf einen Befreiungsschlag. Jede von Igors Fragen drängte ihn in die Defensive. Außerdem kam ihm plötzlich der Verdacht, dass Igor weder schrieb noch kritzelte, sondern ihn, Achim, zeichnete, seine geheimen Regungen ausspionierte, sie dem Moment entriss, um sich später noch daran zu ergötzen.

Ich finde es einfach nicht normal, sagte Achim, dass eine Frau wie Johanna Aushilfsdienste leistet in einer, entschuldigen Sie, aber wohl eher unbedeutenden Galerie.

Igor sagte, ohne den Blick vom Papier zu heben, in seinem Begriff von Normalität hätte ein solcher Umstand Platz. Im Übrigen sei nicht er es gewesen, der Johanna zu dieser Reise geraten hätte, obwohl er es hätte sein können. Kennen Sie Mexiko? Ein überwältigendes Land. Wer da war, sieht die Welt hinterher anders. Vielleicht findet Johanna dort ja, was sie sucht.

Achim rührte in seinem Tee, zu heftig und zu lange. Er sei eigentlich nicht gekommen, um über Johanna zu sprechen, sagte er.

Igor deutete sitzend eine kleine Verbeugung an, sagte: Ich wollte Ihnen nicht zu nahe treten, sah Achim nun an, sagte dann: Aber vielleicht wollen Sie ja doch über Johanna sprechen.

Achim suchte im Nachhall der Frage den erwarteten Spott, fand ihn aber nicht. Vielleicht täuschte er sich, aber er glaubte, in der Stimme des Russen hätte ein unvermuteter Ernst, fast Wärme gelegen.

Vielleicht hätte er ja tatsächlich über Johanna sprechen wollen, aber er gehörte nicht zu den Leuten, die ihr Intimstes veröffentlichten, und der Verdacht, Johanna könnte mit Elli oder sonstwem ihn und seine Eigenarten zum Gegenstand ihrer stundenlangen Gespräche machen, hatte schon immer Widerwillen und eine Spur von Verachtung in ihm erzeugt. Inzwischen glaubte er, dass Johanna seine Vorstellung von Dezenz und Diskretion noch nie geteilt hatte. Nur hatte sie früher nicht mit ihm darüber gestritten. Neuerdings entwarf sie um die weibliche Mitteilungssucht obskure soziologische Theorien. Männer hätten seit jeher die äußere Welt als ihr Spielfeld angesehen, während den Frauen nur der Innenraum, das familiäre soziale Gefüge, geblieben sei, in dem sie, behauptete Johanna, ihre psychologischen und therapeutischen Fähigkeiten entwickelt hätten. Die Männer hätten Kriege und die Frauen derweil Gespräche geführt. Und als die Frauen darauf bestanden hätten, auch mit den Männern zu reden, sei rausgekommen, dass die Männer nur über ihre zivilen Schlachtfelder reden konnten, über Beruf, Fußball, Drachenfliegen, Computer und dergleichen und über sonst nichts. Da seien die Männer über sich erschrocken gewesen, ungefähr dreißig Jahre lang, da hätten sie wirklich geglaubt, sie könnten von den Frauen etwas lernen. Nun aber hätten sie sich offenbar erholt und blickten neidvoll auf ihre muslimischen Geschlechtsgenossen, deren Ärmster wenigstens noch der Herr seiner Frau sein dürfe. Und manchmal gipfelten Johannas grobgezimmerte Reden sogar in dem Kalauer, dass Männer und Frauen einfach nicht zusammenpassten, außer während der Paarungszeit. Selbst wenn er über Johanna hätte reden wollen, was hätte er sagen sollen? Meine Frau fliegt gerade nach Mexiko, und ich weiß nicht, was es bedeutet? Etwas ist anders geworden, und ich weiß nicht warum? Und das sollte er ausgerechnet dem Russen anvertrauen, damit der sich auf seinem Stuhl noch unverschämter räkeln könnte in seinem siegesbewussten Mitgefühl und diesem anmaßenden »Vielleicht wollen Sie ja doch über Johanna sprechen«.

Darf ich? fragte Achim, während er schon nach Igors Zigaretten griff, ich habe meine Pfeife vergessen. Igor reichte ihm das Feuerzeug. Schon der erste Zug, schien ihm, regulierte seine nervöse Atmung.

Ich schätze solcherart Gespräch nicht, sagte er, und noch weniger kann ich mir vorstellen, dass es zwischen uns beiden sinnvoll sein könnte.

Igor legte den Schreibblock mit der Rückseite nach oben auf den Tisch. Das habe ich mir schon gedacht, sagte er, lehnte sich zurück und verschränkte die Arme hinter dem Kopf.

Achim schwieg. Sollte doch der Russe über Johanna reden, wenn er ihn schon heimlich konterfeite und ihn damit nötigte, jeden Augenblick die Bewegung seiner Augenbrauen und Mundwinkel zu kontrollieren.

Gut, sagte Igor, dann erzähle ich Ihnen eine Geschichte. Sie hat mit Johanna zunächst nichts zu tun. Meine Mutter starb, als ich neunzehn war. Wir lebten damals in Bonn, mein Vater arbeitete an der sowjetischen Botschaft, ich machte gerade das Abitur. Meine Mutter war eine sehr schöne Frau, nicht nur für mich, ihren Sohn, für jeden war sie schön. Meine Eltern hatten sich während des Studiums kennengelernt. Beide studierten Germanistik. Mein Vater machte eine Parteikarriere und wurde Diplomat, meine Mutter wurde Übersetzerin. Sie war nicht nur schön, sondern auch klug, gebildet und von einem liebenswürdigen Temperament, das meinem Vater seine Arbeit durchaus erleichterte. Wahrscheinlich ahnen Sie schon, worauf es hinausläuft. Aber es war in diesem Fall nicht die Sekretärin, sondern standesgemäß, wie es sich für den Diplomaten einer Feudalmacht gehört, die Tochter des Försters; ab und zu ging mein Vater in der Nähe von Moskau auf die Jagd. Irgendwie hat er es dann geschafft, das Försterskind im Aeroflot-Büro am Köln/Bonner Flughafen unterzubringen und sich obendrein als Freund der Familie auszugeben, der ein achtsames Auge auf das Mädchen werfen sollte. Als es anfing, war meine Mutter fünfundvierzig, ich war fünfzehn und liebte noch keine andere Frau als sie. Zuerst veränderten sich die Augen, sie verloren ihre Farbe. Vielleicht schien es nur so im Kontrast zu den von Schlaflosigkeit oder vom Weinen ständig geröteten Lidern, aber mir kam es vor, als würde die Iris sich langsam auflösen und eines Tages nur noch als Schatten auf dem rötlich geäderten Augapfel zu erkennen sein. Dann veränderte sich der Mund. Die Lippen verloren die Spannung und hingen im Gesicht, als seien sie jeden Augenblick bereit, sich zum Weinen zu verziehen. Innerhalb von einem Jahr veränderte sich alles, der Gang, die Haut, die Stimme. Sie hielt sich für alt und beugte sich. Ich habe zugesehen, wie sie allmählich erlosch. Nach drei Jahren bekam sie Krebs und starb. Sie wollten wissen, was ich über Johanna weiß. Ich weiß, wie Frauen aussehen, wenn sie den Kampf um Liebe für verloren halten.

Igors Erzählung hing im Raum wie ein schönes dunkles Bild. Achim hätte jetzt sagen können, dass auch er seine Mutter früh verloren hatte, durch einen Autounfall, aber da war er schon älter, fast dreißig, und überhaupt war es ein anderer Tod. Seine Mutter hatte eher zu viel Kraft für das Leben, das sie führte, an der Seite des Chefarztes Professor Märtin, und wenn man es genau nahm, war sie auch daran gestorben, an der unbeherrschten Kraft, mit der ihr rechter Fuß das Gaspedal trat, sodass es das Auto aus der Kurve schleuderte. Er hat damals lange gebraucht, ehe er verstand, dass sie tot war, einfach weg, ohne Abschied, und dass er, so lange sie lebte, wenig über sie nachgedacht hatte, sondern es als naturgegeben, zuweilen auch lästig, hingenommen hatte, dass sie sich noch um ihn sorgte und ihn dreimal in der Woche anrief, als er längst erwachsen war. Warum fiel ihm jetzt das Wort Konnotation ein, unpassend, wie er selbst fand, aber plötzlich stand es in seinem Kopf. Igors Todeserlebnis war anders konnotiert.

Und, sagte Achim, ließ eine Pause, sprach nur zögernd weiter: haben Sie mit Johanna auch darüber gesprochen, über Liebe?

Wenn Sie meinen, dass wir über den Hund gesprochen haben, dann ja, sagte Igor und hängte ein einsilbiges Lachen an, das sich verletzend oder fraternisierend deuten ließ, je nachdem gegen wen es gerichtet war.

Wenn Johanna über Liebe spricht, dann redet sie über den Hund, oder umgekehrt: wenn sie über den Hund spricht, dann redet sie von Liebe, sagte Igor, während er aufstand, weil gerade ein asiatisch aussehendes Paar mit einem deutschen Begleiter die Galerie betrat, sie aber, ehe Achim den Schreibblock unbemerkt hätte anheben können, nach einem höflichen Rundgang wieder verließ.

Soviel zu Ihrer Frage nach den Geschäften, sagte Igor, hängte das Schild mit der Aufschrift *Closed* in die Tür, auf die Gefahr hin, dass ich damit die letzte Chance verpasse. Er ging eine Weile auf und ab, blieb dann hinter seinem Stuhl stehen, stützte sich mit beiden Händen auf die Lehne und sah Achim an, als sei er unschlüssig, ob das, was er ihm sagen wollte, auch zumutbar war.

Der Hund, der Hund; Achim stand entschlossen auf, nun wieder auf Augenhöhe mit dem Russen: Hören Sie, ich bin mit Johanna seit siebenundzwanzig Jahren verheiratet, und davon hatte sie sechsundzwanzigeinhalb Jahre keinen Hund, und wäre sie nicht in einer bestimmten Stunde an einem bestimmten Autobahnkilometer vorbeigefahren, hätte sie immer noch keinen. Und dann gäbe es in ihrem Leben keine Liebe, behaupten Sie. Ja?

Igor hob abwehrend die Hände. Behauptungen von solcher Tragweite lägen ihm fern, sagte er und schlug vor, sich doch wieder zu setzen. Zwar hätte er selbst das Wort Liebe ins Spiel gebracht, befürchte nun aber, dass so große Worte nur Verwirrung stifteten. Er griff wieder nach Schreibblock und Stift, ohne dass es Achim gelang, einen Blick auf das Ergebnis von Igors kurzen, strichelnden Handbewegungen zu werfen, das, wie er inzwischen sicher glaubte, nur ein verräterisches Abbild seiner selbst sein konnte.

Nein, Johanna und er hätten nicht über Liebe gesprochen, sagte Igor. Aber er erinnere sich, dass sie vor einem halben Jahr, damals noch ohne Hund, im Schleier der Musliminnen einen Segen für alternde Frauen gesehen hat, die ihre Schrunden und Falten darunter verstecken könnten. Vielleicht glaube Johanna ja, dass ihr mehr als die Liebe eines Hundes nicht zukommt, weil es den Hund nicht interessiert, wie sie am Morgen aussieht oder in fünf Jahren, ob sie dick wird oder grauhaarig. Jedenfalls hätte er damals in Johannas Augen den mutlosen Blick seiner Mutter erkannt.

Sind Sie verheiratet, fragte Achim.

Nein, bin ich nicht, und war ich nie. Wahrscheinlich habe ich mich gescheut, zum Verursacher eines derartigen Unglücks zu werden. Andererseits fehlt mir der Ehrgeiz, wohl auch das Talent, das Glück eines anderen zu sein. Igor hielt den Schreibblock mit ausgestrecktem Arm in Augenhöhe, begutachtete ein paar Sekunden sein Werk, riss die Seite vom Block und zerknüllte sie.

Wenigstens darin gleichen wir uns, wie es scheint, im mangelnden Talent, sagte Achim, nahm sein Jackett von der Stuhllehne und hängte es sich wieder über die Schultern.

Endlich wieder auf der Straße, nickte er Igor, der schon wieder wie eine Portalsfigur im Türrahmen seiner Galerie lehnte, noch einmal zu, überlegte kurz, wohin er nun gehen wollte, und entschied sich für die Torstraße, woher er auch gekommen war.

Meine liebe neue Freundin,

es ist noch früher Morgen, draußen glüht die farbige Pracht von Mariannas kleinem Garten, vor meinem Fenster sirrt ein Kolibri zwischen hängenden Zweigen, und alles, alles reißt mich in einen Strudel der Erinnerungen, sodass ich mich nirgends festhalten kann. Kaum erkenne ich ein Bild, einen Geruch, eine Farbe, ein Zwitschern, schon überkommt mich die nächste Welle anderer Bilder, anderer Gerüche und Geräusche und vermischt sich mit einer versunkenen Welt in mir. Ach, glauben Sie mir, mein Kind, der Mensch ist sich selbst ein Geheimnis. Ich wusste nicht, dass diese Zeit vor siebzig Jahren in mir lebendig begraben lag. Begraben ja, das wusste ich und habe es auch gewollt, wollen müssen. Aber so lebendig, dass sie nun über Nacht auferstehen, Trotzkij und Kisch, Seghers, Diego, Frida, und zu mir sprechen wie damals, obwohl sie damals zu mir ja gar nicht gesprochen haben, zu einer jungen, hübschen, unbedeutenden Russin, aber ich habe sie sprechen hören; dass ich sie so lebendig begraben hatte, ahnte ich nicht. Bis gestern. Gestern waren wir in Coyoacán, zuerst im Haus von Trotzkij. Seine Brille liegt noch auf dem Schreibtisch wie damals, wahrscheinlich hat man sie inzwischen weggenommen und dann zurückgelegt, ich weiß es nicht, aber jetzt liegt sie wieder da, so wie sie auf seiner Nase gesessen hat, bis ihm der Schädel mit einem Eispickel eingeschlagen wurde. Nicht einmal das Glas ist zerbrochen. Der 21. August 1940; damals kannte ich Walter schon, aber ich wohnte noch mit Sinaida, einem russischen Mädchen, das ich aus Paris kannte, in einer dieser Dienstbotenkammern auf dem Dach in der Colonia Condesa (ich weiß nicht, was Igor Ihnen über mich schon erzählt hat, aber Walter und ich haben später geheiratet). Alle waren damals entsetzlich aufgeregt. Die einen jubelten, weil man den Verräter endlich zur Strecke gebracht hatte, die anderen trauerten und schworen Rache. Dreihunderttausend Menschen trugen Trotzkij zu Grabe. Mir war es damals gleichgültig, wenn russische Kommunisten einander die Schädel einschlugen, wahrscheinlich war es mir sogar recht. Trotzkij hatte unsere Familie ebenso verfolgt und verjagt wie Lenin und Stalin. Ich hatte von meinen Eltern so viel über die kommunistischen Untaten gehört – wir waren mütterlicherseits entfernt mit den Romanows verwandt –, dass mich nicht einmal der Eispickel erschauern ließ. Walter gehörte zu den Jublern. Ich glaube, die Trotzkisten und Stalinisten haben damals einander mehr gehasst, als sie Hitler gehasst haben. Ich interessierte mich für Politik nur insofern, als sie mein eigenes Leben betraf. Darum störte es mich auch nicht, dass Walter Kommunist war, damals waren ja viele Kommunisten, von denen man es sich heute nicht mehr vorstellen kann. Er war kein russischer Kommunist, und er hasste Trotzkij, das hat mir wohl genügt. Ach, was rede ich da, was weiß denn ich, wie ich damals gedacht habe. Es ging ums Überleben, um die Dachkammer und ein paar Tortillas mit Bohnen. Ich lebte von gelegentlichen Übersetzungsarbeiten und war froh, wenn mich jemand zum Essen einlud. Und gestern stand ich nun vor dieser Brille, in dem Haus mit den Wachtürmen und den schweren Eisentüren, die nach dem ersten Attentat im Mai eingebaut wurden, als ein Mordtrupp unter der Anführung von Alfaro Siqueiros in das Haus eingedrungen war und wie wild um sich geschossen hatte. Stellen Sie sich das vor, Siqueiros, ein Maler, ein Künstler als Anführer einer Mörderbande. Ich glaube nicht, dass ich das damals gewusst habe, wenngleich ich mir doch nicht erklären kann, wie ich es nicht gewusst haben sollte. Ich war sehr jung, zudem früh verwaist, das Schicksal hatte mich um die ganze Welt bis nach Mexiko geschleudert. Walter mit seiner Liebe und Fürsorge schien mir wie vom Himmel geschickt, obwohl ich später, viel später, oft gewünscht habe, ich hätte damals mehr von Leonoras Kraft und Talent oder einfach etwas mehr Glück gehabt und mir ein anderes Leben erobert als das, in das Walter mich dann nach Deutschland geführt hat. Seit ich zu den Stalinisten gehörte, hat Leonora sich nicht mehr für mich interessiert. Ich aber bewundere sie bis heute. Fragen Sie mich nicht, meine Liebe, warum ich bis zum Ende bei Walter geblieben bin. Ich könnte *einige Gründe nennen, auch Dankbarkeit, gewiss, aber auch solche, die weniger schmeichelhaft für mich wären. Mein Leben war in die Ereignisse meines Jahrhunderts verwoben, und ich habe es so angenommen. Außer Walter wusste in Deutschland niemand von meiner fürstlichen Herkunft, und so habe ich mein Leben als Natascha Zimmermann verbracht. Erst Igor habe ich verraten, dass ich eine Myschkina bin.*

Ach, Liebe, ich erzähle Ihnen mein Leben, und wir kennen uns nicht einmal. Aber in meinem Alter hat man nicht mehr zu verlieren oder zu gewinnen als den Augenblick. Und das war jetzt der Augenblick, in dem ich das erzählen musste.

Eben sehe ich Marianna auf der Terrasse, und es duftet nach Kaffee. Heute setzen wir unsere Suche nach Leonora fort. Ich werde Ihnen berichten.

Ihre Natalia Timofejewna

Der Brief war vom 14. Februar datiert, und Johanna erinnerte sich, dass sie beim ersten Lesen das Bedürfnis hatte, sich rückwärts zu bewegen, eine Tür, die sie gerade geöffnet hatte, vorsichtig wieder zu schließen. Natalia und sie hatten vielleicht drei, höchstens vier Nachrichten gewechselt, und die Vertraulichkeit der Mitteilungen empfand Johanna als unangemessen, auf jeden Fall verfrüht.

Obwohl Igor schon seit Ende Januar wieder in Berlin war, hatte er die Korrespondenz mit Natalia ganz und gar Johanna überlassen. Seit feststand, dass er auf das fürstliche Vermögen für seine Stiftung nicht mehr hoffen konnte, hatte er sich aus der Rolle des fürsorglichen Betreuers zurückgezogen auf die eines staunenden Bewunderers. Er ließ sich von Johanna zwar Natalias Briefe vorlesen, zog es aber vor, nicht selbst zu antworten. Igor kannte Natalia erst seit Anfang der neunziger Jahre und wusste über ihr Vorleben nicht mehr, als sie ihm erzählt hatte. Aber, sagte er, eines Abends hätte sie einen Karton mit Fotos aus ihrer Kommode geholt, und an diesem Abend hätte er sich ein bißchen in sie verliebt. Es waren Bilder aus sechzig Jahren, und das Seltsame war, sagte Igor, dass die lebendige alte Natalia der jüngsten am ähnlichsten war, dem Mädchen vor dem Romanischen Café in Berlin, das sich in mondäner Pose, die angeboren oder vollkommen nachgeahmt war, der Kamera darbot, eine schwarzsilberne Zigarettenspitze zwischen ihren langgliedrigen Fingern, das Haar locker im Nacken geknotet; die Augen halb von den Lidern bedeckt, als ließen sie sich nur mühsam offen halten. Und gleichzeitig konnte man glauben, dass sie, sobald diese Sekunde verewigt sein würde, in mühsam unterdrücktes albernes Gelächter ausbrechen wird. Auf einem Foto aus der Pariser Zeit, das sie in einem gesonderten Kuvert aufbewahrte, stand sie eher schüchtern und schön wie eine Jugendstilranke am rechten Bildrand; in der Mitte aber, zwischen Max Ernst und André Breton und zwei anderen Männern, an deren Namen Natalia sich nicht erinnerte, Leonora mit einem kaum wahrnehmbaren Lächeln um die Lippen und ernsten Augen. Und dann, in Mexiko, erzählte Igor, tauchte der Mann an ihrer Seite auf, ein durchtrainierter Hüne mit Segelohren, ein Fußballer oder Ringer, ein derber Kerl jedenfalls. Die Fotos der folgenden Jahre legten den Schluss nahe, Natalia hätte versucht, die offensichtliche Mesalliance vor den Augen der Welt oder auch nur vor sich selbst zu vertuschen. Sie schnitt ihre Haare ab, trug Hemdblusen und Röcke wie die deutschen Wandervogelmädchen, sie wurde sogar dicker. Und später in Deutschland, als Walters Ehefrau, erinnerte fast nichts mehr an das nymphenhafte Wesen vor dem Romanischen Café. Niemand hätte in der vollbusigen Natascha Zimmermann mit dem dauergewellten Kurzhaarschnitt, die aussah, wie man sich die Frau des gelernten Schlossers Walter Zimmermann eben vorstellte, eine russische Aristokratin mit künstlerischen Ambitionen vermutet, wenn man von einem verdächtigen Hochmut in den Augen absah, der auf manchen Fotos zu erkennen war. So stand sie noch an Walters Grab, in einem schwarzen Kostüm, das über Bauch und Hüften spannte. Und danach, sagte Igor, muss sie sich auf wundersame Art wieder in die Natalia verwandelt haben, die sie vor der Zeit mit Walter gewesen war, nur fünfzig Jahre älter. Als Igor sie kennenlernte, waren ihre proletarischen Fettpolster schon abgeschmolzen und die Fürstin Myschkina darunter wieder zum Vorschein gekommen. Sogar ihr Haar, wenn inzwischen auch gefärbt und ausgedünnt, trug sie wie auf den frühen Bildern, in der Mitte gescheitelt und im Nacken zusammengesteckt. Sie war schmal, fast mager, ihre Hände, trotz der hervortretenden Adern auf den Handrücken, von geschmeidiger Eleganz. Wenige Wochen nach dem Tod ihres Mannes hatte sie wieder zu malen begonnen, anfangs in einem Malzirkel im Friedrichshainer Kulturhaus, später, weil ihr die kollektive Produktion einfallsloser Stilleben zuwider war, allein. Freunde waren ihr aus dem halben Jahrhundert, das sie mit Walter verbracht hatte, nicht geblieben, wenn man von ihren ehemaligen Genossen absah, dieser kommunistischen Erbschleicherbande, die sie belagerte, seit Natalias plötzlicher und geheimnisvoller Reichtum ruchbar geworden war. Von denen, die noch lebten, vermisse sie niemanden, hatte sie zu Igor gesagt, eigentlich auch die Toten nicht; nur die aus dem Leben davor, vor Walter. Und nun ist sie wohl nach Mexiko gereist, um etwas von diesem Leben

133

davor wiederzufinden, sagte Igor. Bei seinem letzten Besuch hätte auf ihrer Staffelei ein verhängtes Bild gestanden, und als Natalia den Tee aus der Küche holte, hat er das Tuch kurz angehoben; sie malte ihr Selbstporträt, sagte Igor, nach dem Foto vor dem Romanischen Café.

Die Stewardessen zogen die Rollos vor die Fensterluken, weil einer dieser familientauglichen Filme begann. Es ging um eine Baseball-Mannschaft und ihren Trainer, deutsch auf Kanal zwei, hatte Johanna im Bord-Magazin gelesen. Sie steckte die Mappe mit den Briefen in das Netz am Vordersitz und schloss die Augen.

Stell dir das vor, hatte sie beim Abendessen zu Achim gesagt, fünfzig Jahre in der eigenen Haut als eine Andere, fünfzig Jahre ein fremdes Leben.

Achim belegte sein Brot sorgfältig mit Schinken, schnitt noch von einer zweiten Schinkenscheibe kleine Stücke ab, bis sein Brot lückenlos abgedeckt war, und teilte es dann mit einem scharfen Messer, das nur er benutzte, in gleichmäßige Quadrate. Sie wusste nicht mehr, wann Achim begonnen hatte, sich diese mundgerechten Häppchen zurechtzuschneiden. Sie sah nur, dass sie von Jahr zu Jahr kleiner wurden. Die Brotwürfel auf Achims Holzbrettchen maßen höchstens einen Quadratzentimeter und je kleiner sie mit der Zeit geworden waren, umso größer der

Widerwillen, mit dem Johanna diesen Tick, wie sie es nannte, beobachtete. Äpfel teilte er nicht in Viertel oder Achtel, sondern in die höchstmögliche Anzahl hauchdünner Scheiben, die kaum noch zu schmecken waren. Auch Schokolade zerschnitt er, bis sie splitterte. Und seit zwei oder drei Jahren aß er Eis oder Joghurt aus den kleinsten im Haushalt befindlichen Espressotassen, und das mit Mokkalöffeln, die er nur zu einem Drittel füllte. Mit dem Alter neige er eben zum Minimalismus, sagte Achim. Elli behauptete, derartige Absonderlichkeiten entwickelten Menschen, die zwar von ihren außerordentlichen Fähigkeiten überzeugt seien, sich aber gehindert fühlten, und sei es durch fehlenden Mut, sie auszuleben. Johanna vermutete hinter Achims Zerstückelungswut eher eine Berufskrankheit. Schließlich verfuhr er mit dem Prinzen von Homburg oder Penthesilea nicht anders als mit dem Schinkenbrot und dem Apfel. Alles wurde in seine kleinsten Teile zerlegt, in Szenen, Sätze, Wörter, Silben, Buchstaben, bis es nichts mehr zu teilen gab, bis das Werk enthäutet, ausgeblutet und skelettiert unter dem Hallogenkegel auf seinem Schreibtisch lag, zu Tode verehrt von Doktor Achim Märtin. Manchmal aber, wenn sie sah, wie er das kleine spitze Messer schärfte und sich dann konzentriert seinem Schneidewerk hingab, dachte sie, es könnte auch Mordlust sein, eine umgeleitete, mit den Insignien seines Berufsstandes verbrämte Mordlust.

Achim nahm ein Schinkenbrotwürfelchen zwischen die Fingerspitzen und steckte es in den Mund.

Stell dir das vor, sagte Johanna noch einmal, fünfzig Jahre wie eine Fremde im eigenen Leben.

Verstehe ich nicht, warum wie eine Fremde, sagte Achim, wenn sie dieses Leben geführt hat, war am Ende eben das ihr eigenes. Wer hat schon das Leben, das er sich wünscht?

Die Lampe hing gerade so weit über der Tischplatte, dass ihre Blicke sich darunter treffen konnten. Sie wussten beide, wie der andere die Frage beantworten würde, weil beide ihre eigene Antwort kannten. Trotzdem fragte sie; führst du das Leben, das du dir gewünscht hast, fragte sie.

Er kaute auf einem Brotstückchen herum, schob, um die Antwort zu verzögern, ein zweites hinterher, sagte dann: ich weiß nicht, nein, wohl eher nicht. In seiner Stimme lauerte eine Gefahr, fand Johanna, lächelte, sagte: naja und stellte das Radio an. Wie es sich mit der Differenz zwischen ihrem, Johannas, gewünschten und tatsächlichen Leben verhielt, hatte er nicht gefragt.

Vielleicht hatte Achim recht, und Natalia hat gar nicht als Fremde in ihrem Leben gelebt. Vielleicht war es für eine Prinzessin, an deren Wiege das Lied

der Revolution gegrölt wurde und die, ehe sie im
Garten des Myschkinschen Palastes hätte spielen
können, aus ihm vertrieben war, vielleicht war es für
jemanden, dessen Leben mit dem Absturz in ein anderes, unvorhergesehenes Leben begonnen hatte,
folgerichtig, bei erneuter Gefahr den Sturz vorweg-
zunehmen und sich in einem wieder anderen Leben
zu verstecken, bis die Gefahr vorbei war. Auch so ließen sich Natalias Metamorphosen erklären. Immer
ließ sich alles erklären, dachte sie. Elli war eine große Erklärerin. Seit sie nachträglich herausgefunden
hatte, dass Meier, mit dem sie zwei Jahre verheiratet
gewesen und der eines Tages einfach wieder aus ihrem Leben verschwunden war, am Borderline-Syn-
drom, womöglich sogar an schizophrenen Schüben,
gelitten haben musste, las sie jahrelang alles, wovon
sie sich Aufklärung erhoffte über diesen Lebens-
unfall, wie sie ihre Ehe mit Meier nannte, und fühlte
sich nun zuständig für alle möglichen seelischen
Entgleisungen, auch wenn sie mit Meiers Fall nicht
das Geringste zu tun hatten. Als sie von Natalias Dop-
pelleben hörte, entschied Elli, Natalia sei ein todsi-
cherer Fall von Borderline, vermutlich ausgelöst
durch das nie verarbeitete traumatische Kindheits-
erlebnis der Vertreibung, dazu ein enormes Hysterie-
potential. Sonst hätte sie das gar nicht ausgehalten,
sagte Elli.

Vielleicht bin ich ja auch ein Borderliner, sagte Johanna.

Warum du? Du bist doch völlig normal.

Wer weiß, hatte Johanna gesagt, vielleicht stellt sich ja eines Tages heraus, dass ich eine ganz andere war.

An der Kreuzung Friedrichstraße – Unter den Linden verfehlte er die richtige Spur und konnte nun nicht, wie er es eigentlich vorhatte, nach rechts zum Brandenburger Tor abbiegen, sondern hatte nur die Wahl, geradeaus über die Leipziger Straße zu fahren oder nach links, wieder in Richtung des Palastes und bei der nächsten Gelegenheit zu wenden. Er entschied sich für die zweite Variante, weil er so seinen ursprünglichen Plan, abgesehen von diesem kleinen Umweg, nicht ändern musste. Dass er dann beide Wendemöglichkeiten nicht nutzte, sondern geradeaus über den Alexanderplatz fuhr und weiter über die Mollstraße in die Prenzlauer Allee, entsprang weniger seinem Wollen als einer Eingebung, der er sich, allmählich ermüdet von der allgemeinen Ziellosigkeit dieses Tages, fügte. Er fuhr langsam in der rechten Spur, einfach geradeaus, bis die schattige Mündung einer Seitenstraße ihn einsog. Auch ohne das Straßenschild zu lesen, wusste er, dass es die Christburger Straße war. Hier hatte Maren gewohnt;

hierher hatte es ihn einen Sommer lang gezogen. Zum ersten Mal hatte er sie bei Richards fünfzigstem Geburtstag getroffen. Kurz zuvor hatte sie Richard für ein Radiofeature, in dem es um Herztransplantationen ging, interviewt, und offenbar waren sie dabei einander so nahe gekommen – wie nahe, hatte Achim nie ergründen können –, dass Richard sie zu seinem Geburtstag eingeladen hat. Sie wirkte fremd inmitten von Richards altem Freundeskreis, zu jung und zu elegant, obwohl ihr cremefarbenes Kleid schmucklos und einfach war, fast nur ein Hemd mit kurzen, schmalen Ärmeln, aber aus erlesenem Material, vielleicht Crêpe de Chine, aber er kannte sich in solchen Dingen nicht aus. Sie war älter, als er vermutete, an diesem Abend schätzte er sie auf Ende zwanzig. Sie war siebenunddreißig, wie er später erfuhr, aufgewachsen in Argentinien und Kanada, wo ihr Vater ein bedeutendes deutsches Chemieunternehmen repräsentierte. Er war fasziniert von ihrer Schmalheit. Noch nie, glaubte er, hatte er eine so schmale Frau gesehen, die zugleich anmutig und weich wirkte. Und wo immer er an diesem Abend die helle Gestalt mit dem dunklen, wirrgelockten Haar in der Menge aufleuchten sah, drängte es ihn in ihre Nähe. Wie eine Libelle in einem Schwarm von Nachtfaltern kreuzte sie in unvorhersehbarer Richtung die Gesellschaft, graziös und schillernd, auch beunruhigend. Später sagte sie, ihr sei aufgefallen, dass er sie durch den Abend verfolgt hat. Sie hätte sogar absichtsvoll ein paarmal ihren Standort gewechselt, um zu sehen, wie lange er brauchte, um ganz in ihrer Nähe wieder aufzutauchen; nur darum hätte sie ihn dann, als das Fest sich aufzulösen begann, doch noch angesprochen. Ob er zufällig ein Telefon bei sich hätte, sie wolle ein Taxi bestellen, hatte sie gefragt. Aber er besaß überhaupt kein mobiles Telefon, und das, behauptete Maren, hätte sie ihm angesehen; anderenfalls wäre ihre Frage ja ganz unsinnig gewesen, da sie inzwischen an ihm und seinem unverhohlenen Interesse Gefallen gefunden hatte. Vier Wochen später schaffte er sich ein solches, bis dahin verachtetes Telefon an, nur für Maren. Diese Maren müsse ja ein ungewöhnlich reizendes Geschöpf sein, hatte Johanna während der Heimfahrt gesagt, da er nicht wie sonst schon kurz nach zwölf angefangen hätte, von dem ganz besonders anstrengenden morgigen Tag und den Papierbergen, die ihn erwarteten, zu sprechen. Drei Tage später rief er Maren an. Ich stehe im Telefonbuch, hatte sie zum Abschied gesagt, Maren Hofstetter. Und die Art, in der sie sich, noch während sie ihren Namen nannte, abwandte und entschwand, verhieß ihm irgendwie und unbeschreibbar die Aufforderung, ihr zu folgen.

Seine Verwandlung vollzog sich nicht, sie geschah
ihm. Über Nacht stand sein Leben unter einem anderen Stern, und nichts bedeutete noch, was es am Tag
davor bedeutet hatte, weder seine Ehe noch die Wissenschaft, am wenigsten er selbst. Sogar das Wetter –
Sonne, Wind, Nebel, Regen – rief nicht die gewohnten Regungen in ihm hervor, es war nichts als Kulisse,
erwünschte oder störende Kulisse für ihn und Maren,
für Maren und ihn. Alle Tage kannten nur noch ein
Ziel: sich in Maren atemlos erschöpfen, ihren schmalen Körper unter sich begraben, ihn biegen, wenden,
sich ergeben, besinnungslos und selbstvergessen. Später fragte er sich, warum er, für den Exzesse, wenn er
von Sylvie absah, mit der er die Liebe entdeckt hatte,
bis dahin zur Literatur und nicht zum Leben gehörten, der nie mehr als zwei Gläser Wein oder Bier
trank, weil ihm jeder Rausch zuwider war, warum er
sich selbst nicht fremd gewesen war, als er, wie von
einem Tornado aus allen Verankerungen gerissen,
über seinem zerspellten Leben segelte. Stattdessen
kam es ihm vor, als sei er erst mit Maren aus einem
Vorstadium des Lebens erwacht zum wirklichen Leben, als lerne er erst jetzt leibhaftig kennen, wovon er
Jahrzehnte lang gelesen hatte, Glück und Schmerz
und Liebe. Jetzt habe ich eine Seele, sagte er zu Maren; ich hatte nie eine Seele, sagte er und dachte dabei nicht an Johanna.

Johanna gehörte zu seinem Leben, wie Laura oder seine Eltern zu seinem Leben gehörten und selbst, wenn sie gestorben waren, nicht daraus getilgt werden konnten. Trotzdem sah er in ihr damals vor allem das Hindernis, als das sie Tag für Tag auf seinem Weg zu Maren stand. Anfangs nahm Johanna es arglos hin, wenn er ihr erklärte, warum er bis Mitternacht in seinem Institut zu tun hätte, oder dass er, wenn sie versucht hatte, ihn dort anzurufen, gerade in der Bibliothek gewesen sei oder ein ganzes Buch hätte kopieren müssen. Sie wunderte sich nur über den Elan, mit dem er neuerdings das Haus verließ und sogar noch mitten in der Nacht zurückkam; seltsam verjüngt wirke er, sagte sie, und dem Mann ähnlich, in den sie sich zwanzig Jahre früher verliebt hatte. Seine Leidenschaft für Maren war so groß, dass sie, obwohl es ihm sonderbar erschien, auch Johanna in sein Begehren einschloss. Vermutlich wäre Johanna viel früher auf die wahren Hintergründe für die merkwürdige Veränderung ihres Ehemannes gekommen, hätte sein zuweilen stürmisches und längst nicht mehr gewohntes Verlangen sie nicht derart in die Irre geführt. Und wahrscheinlich hätte sie ihm, nachdem Maren verschwunden war, seinen Liebesrausch, seine vielen kleinen Lügen und Vertuschungen eher verzeihen können, wäre dieser gemeine und demütigende Missbrauch, diese umgeleitete Triebabfuhr, wie sie es nannte, nicht gewesen. Erst als Achim mitten im Sommer an mehreren Wochenenden zu Konferenzen fahren musste und sich zudem dieses Telefon anschaffte, nachdem er jahrelang über Johannas Erreichbarkeitswahn gespottet hatte, begann sie, Fragen zu stellen und, sobald sie Unstimmigkeiten entdeckte, solange weiterzufragen, bis die Lüge enttarnt war. Er warf ihr Kontrollzwang vor, er sei ein freier Mensch mit einem Beruf und nicht verpflichtet, für jede Stunde Rechenschaft abzulegen. Wenn sie nicht stritten, hing feindseliges Schweigen zwischen ihnen. Und als Johanna behauptete, irgendjemand hätte sein Auto schon mehrfach am späten Abend in der Christburger Straße gesehen, fragte er, ob sie ihm nachspioniere oder sogar einen Detektiv auf ihn angesetzt hätte. Johanna packte zwei Koffer und zog zu Elli. Er rief jeden Tag an, aber sie ließ ihm nur durch Elli ausrichten, sie wolle nichts hören und hätte auch nichts zu sagen. Dann kam eine Karte, sie sei mit Elli nach Südfrankreich gereist, er müsse sie also nicht durch die Polizei suchen lassen.

Zu Maren sagte er: sie gibt mich frei.

Maren richtete sich halb auf, beugte sich über ihn, zog mit dem Finger seine Augenbrauen nach, fragte ungläubig oder belustigt: So redet ihr miteinander?

Er wusste selbst nicht, warum ihm dieser Satz, den Johanna niemals ausgesprochen, wahrscheinlich nicht einmal gedacht hätte, eingefallen war. Er wusste nicht einmal, ob er wünschte, ihn von ihr gehört zu haben, so wie er nicht wusste, ob er gewollt hat, dass Johanna zu Elli zieht und mit ihr nach Südfrankreich fährt. Sie hätte nur verstehen müssen, dass er auf Maren jetzt nicht verzichten konnte und dass die Geschichte mit Maren nichts mit ihr zu tun hatte, dass er sie liebte, wie er sie immer geliebt hat, das hätte sie nur verstehen müssen.

Redet ihr wirklich so miteinander, hatte Maren gesagt und sonst nichts. Drei Wochen später war sie verschwunden. Sie hatte nur über das Wochenende zu ihren Eltern fahren wollen und kam nicht zurück. Tagelang rief er stündlich bei ihr an, sprach zehnmal oder öfter auf den Anrufbeantworter, sah sie abwechselnd mit zerschmettertem Schädel im Straßengraben liegen oder glücklich in fremden Männerarmen. Er rief sogar bei Richard an, der inzwischen von Johannas Auszug gehört hatte und ihn, wenn auch freundschaftlich, zur Umkehr mahnte, über Marens Verbleib aber nichts zu wissen vorgab. Am Donnerstagabend meldete sich an Marens Telefon eine fremde Frauenstimme. Sie hätte die Wohnung von Frau Hofstetter für ein Jahr gemietet, sagte sie, Frau Hofstetter hätte nur eine Berliner Telefonnummer hinterlassen, bei der sie sich melden solle, falls etwas zu klären sei. Mehr könne sie nicht sagen. Er versuchte zu verstehen, verstand nicht, glaubte nicht, was er verstand, fuhr in die Christburger Straße, wo die Frau mit der Telefonstimme ihm öffnete. Mit einem leichten norddeutschen Akzent, den er immer noch beherrschte, fragte er nach Frau Hofstetter. Sie schien seine Stimme tatsächlich nicht zu erkennen und gab ihm die gleiche Auskunft wie vorher am Telefon. Er setzte sich in sein Auto und wartete. Erst als es hell wurde, fuhr er nach Hause, nahm drei Schlaftabletten und ging zu Bett. Als er am Abend erwachte, nahm er noch zwei Schlaftabletten und schlief bis zum Morgen. Er stand auf wie gewohnt, duschte, trank Kaffee, aß lustlos ein Schinkenbrot, rief im Institut an und teilte der Sekretärin mit, er werde die nächsten Tage zu Hause arbeiten. Dann nahm er den ersten Band seiner Kleistausgabe aus dem Regal, schlug die erste Seite auf und begann zu lesen.

Eine Woche später schrieb er Johanna einen Brief an Ellis Adresse:

Liebe Johanna,

es ist vorbei. Ich sitze wieder einsam, mit dem Rücken zur Welt, wie Du sagen würdest, wo ich immer gesessen habe, an meinem Schreibtisch. Du hast die Bedingungen, unter denen Du bereit bist, mit mir zu sprechen, nicht genannt. Mir ist widerfahren, wovon die Bücher dieser Welt randvoll sind. Und hoffe nun, Du könntest großmütig genug sein und mich nicht endgültig zum Teufel jagen. Es mangelt mir nicht an Vorstellungskraft, um zu ahnen, wie schwer es Dir fallen muss zu glauben, dass ich Dich trotz allem in den letzten Monaten nicht weniger geliebt habe als in den Jahren davor. Es will mir nicht recht gelingen, mir Dein Gesicht vor Augen zu rufen, weil ich nicht weiß, wie Du, säßest Du mir jetzt gegenüber, mich ansehen würdest. Streng und verletzt wahrscheinlich, wie sonst. Lass uns reden, Johanna, bitte.

In Liebe

Dein Achim

Bald darauf kam eine Karte; sie erwarte ihn am Donnerstag um neunzehn Uhr im Café Einstein.

Sie war braungebrannt, sah aber sonst unverändert aus, weder abgemagert, noch konnte er um Augen und Mund leidvolle Spuren entdecken, was ihn erleichterte und gleichermaßen irritierte, zumal sie das blauweißgemusterte Kleid trug, von dem sie genau wusste, dass es ihm nicht sonderlich gefiel. Sie bestellte ein Glas Weißwein und Wasser, wollte nichts essen, rauchte.

Warum ist es vorbei, fragte sie. Sie quetschte den Filter der Zigarette zwischen den Fingerspitzen, bis er ganz flach war. Hast du sie verlassen?

Er schwieg.

Hat sie dich verlassen?

Er schwieg weiter.

Ja?

Ja.

Und wenn sie dich nicht verlassen hätte?

Johanna kam zurück, und ihrer beider alltägliches Leben fand schnell in die gewohnten Abläufe. Nur in den ersten Wochen sprachen sie noch über die Geschichte mit Maren, bis Johanna aufgab, weil er, wie einfühlsam oder nachdrücklich sie auch fragte, die einzige erlösende Antwort nicht geben konnte. Selbst seine Beteuerungen, dass, hätte Maren nicht ihn verlassen, eines Tages er Maren verlassen hätte, weil er sich ein Leben ohne Johanna nicht vorstellen konnte, blieben ohne Beweiskraft. Nach einiger Zeit zog Johanna zwar wieder vom Sofa in ihrem Arbeitszimmer in das gemeinsame Schlafzimmer, aber, so schien es ihm jedenfalls, hatte sie ihn seitdem niemals mehr umarmt, auch nur berührt, bevor er sie umarmt hatte. Und selbst wenn sie miteinander schliefen, wirkte sie verhalten, in jedem Augenblick ganz bei sich, als müsse sie darauf achten, nichts von sich zu verlieren. So würde er das heute sagen. Damals verdächtigte er sie, ihn für seine Treulosigkeit zu strafen. Und später, als zwischen ihnen wieder die alte Vertrautheit herrschte und dieser Verdacht ihm grundlos erschien, erklärte er sich Johannas unveränderte Zurückhaltung in Liebesdingen mit ihren altersbedingten hormonellen Veränderungen. Die meisten Frauen, hatte er gehört, verlören im Klimakterium die Lust an der Sexualität, was Johanna heftig bestritt. Der einzige Unterschied zwischen Männern und Frauen läge darin, sagte sie, dass Männer mit und ohne Liebe vögeln wollten und Frauen nicht, jedenfalls die meisten, und dass es nichts mit ihren Hormonen zu tun hätte, wenn für sie nichts mehr sei wie früher. Womit es zu tun hatte, wollte sie ihm nicht sagen. Es geht um Nähe, sagte sie nur und sah ihn dabei an, als müsste er selbst wissen, dass jede weitere Erklärung sinnlos war.

Auch wenn sie in den letzten Jahren kaum noch über Maren gesprochen hatten und Johanna sogar behauptete, nicht einmal mehr an sie zu denken, hatte Marens Schatten sie offenbar nie ganz verlassen. Warum sonst säße er jetzt, sechs Jahre später, hier in der Christburger Straße vor ihrem Haus und verdrehte sich den Hals, um durch die Windschutzscheibe seines Autos hinter den Fenstern der zweiten Etage eine Spur von ihr zu finden. Er sah die Haustür, gegen die er sich damals dreimal in der Woche gestemmt hatte, weil sie klemmte, und die sich, während er sich beherrschte, um nicht über die Treppen zu stürmen und dann atemlos vor Maren zu stehen, mit einem schleifenden Geräusch hinter ihm wieder schloss, aber seine Erinnerung blieb kalt. Er hätte sagen können, dass er damals glücklich war und zu wissen glaubte, was eine Seele ist, dass plötzlich alles möglich schien, alles; dass er in einem wilden Rausch gelebt haben muss. Das hätte er erzählen können wie eine Geschichte, die er gehört oder gelesen hatte, oder wie ein Erlebnis aus seiner Kindheit, als er schon er war und doch nicht er. Aber welche Geschichte hätte er eigentlich erzählen können? Die Geschichte einer Liebe, einer Täuschung, einer Selbsttäuschung? Eine Allerweltsgeschichte? Wenn er in den letzten Jahren überhaupt je an Maren gedacht hatte, dann nur, weil er an der Christburger Straße vorbeigefahren war, was aber äußerst selten vorkam, oder weil ein bestimmtes Abendlicht und ein bestimmtes Wehen des Windes gleichzeitig durch sein offenes Fenster drangen und ungebetene Boten kreuz und quer durch sein Gehirn schickten, um alte Botschaften zu überbringen, bis er, wie fernes Geläute, den Namen Maren hörte. Vielleicht stimmte es ja, dass auch Johanna kaum noch an sie dachte. Und vielleicht wäre es auch ohne Maren so gekommen, wie es war. Irgendwann wurde es bei allen so, und immer gab es irgendeinen Grund. Maren, der Hund, der Russe. Oder einfach die Jahre. Wer konnte das wissen.

Und wenn sie ihn nicht verlassen hätte?

Uhrzeit am Zielort 13.23, verbleibende Flugzeit fünf Stunden zweiunddreißig Minuten. Das kleine Flugzeug auf dem Monitor zog die schon zurückgelegte Strecke wie einen roten Kometenschweif hinter sich her und stand immer noch über dem Atlantik. Nein, kein Kaffee, Weißwein bitte. Sie hätte jetzt gern geraucht. In Berlin war es gleich halb acht und Achim musste um acht bei Kreihubers sein, wo er auch nicht rauchen durfte. Und säße sie jetzt nicht in einem Flugzeug nach Mexiko, hätte sie auch zu Kreihubers gehen und sich Frau Kreihubers erschütterte Klage über das grobe und feindselige Betragen ihrer ostdeutschen Nachbarn anhören müssen, während Herr Kreihuber, Professor und seit einigen Jahren Achims Chef, mit Achim das geplante Langzeitprojekt und die mögliche Akquisition der Drittmittel besprach. Frau Kreihuber hätte ab und zu einen zwischen Mitleid und Ekel angesiedelten Blick auf Bredow geworfen, obwohl Johanna ihm schon im Hinblick auf diesen Besuch seit drei Tagen das Baden im Grunewaldsee versagt hatte, damit er nicht so stank, was Frau Kreihuber nicht davon abgehalten hätte, den hinreißend schönen Hund ihrer Freunde im Allgäu zu rühmen, einen perlweißen reinrassigen Schäferhund, der geheimnisvoll wie ein Fabelwesen durch den wundervollen, nach historischen Entwürfen angelegten Garten ihrer Allgäuer Freunde streifte.

Stattdessen trabte Bredow jetzt wahrscheinlich neben Hannes Strahl über die schlammigen Pfade der Seelower Höhen, wo auch jeder weiße Schäferhund nach einiger Zeit so schwarz und hündisch wie Bredow aussehen würde.

Was sie denn in Mexiko zu tun hätte, hatte Hannes Strahl gefragt. Eigentlich nichts, hatte sie gesagt und dann, weil ihr diese Antwort peinlich war, hinzugefügt, sie müsse einer alten Dame helfen.

Hannes wunderte sich, dass eine alte Dame in Mexiko nach Hilfe aus Deutschland rief, und Johanna gab zu, von Natalia eher einen Lockruf als einen Hilferuf empfangen und in ihren Briefen von einer ganz fremdartigen Welt erfahren zu haben, auf die sie inzwischen so neugierig sei, dass sie, obwohl sie Natalia eigentlich gar nicht kenne, morgen in ein Flugzeug steigen werde, um mit ihr gemeinsam nach ihrer Freundin Leonora Carrington zu suchen.

Leonora Carrington? Hannes Strahl ließ das Holzscheit, das er gerade in den Kamin werfen wollte, wieder fallen. Die habe ich in den siebziger Jahren in New York erlebt, eine total verrückte Person, aber großartig, obwohl sie einem auch Angst machen konnte. Damals war sie eine große Feministin, die viel von Göttinnen geredet hat. Aber auch von Pferden und Hunden, das war mir sympathischer. Irgendeine Journalistin hat sie nach den Adressaten ihrer Kunst befragt oder einen ähnlichen Unfug, und sie hat gesagt, sie hätte einmal erlebt, wie ein Hund eine Maske anbellte, die sie geschaffen hatte. Und das sei der ehrenvollste Kommentar gewesen, den sie je erhalten hätte. Das habe ich mir gemerkt, wie Sie sehen. Ach, die lebt also noch, sagte er und wollte wissen, was Johannas Natalia und Carrington denn miteinander zu tun hätten.

Natalia behauptet, Leonora sei eine Jugendfreundin aus ihrer Pariser Zeit. Ich glaube, dass Leonora für sie die Verkörperung eines gelungenen Lebens ist, sagte Johanna.

Und was ist das: ein gelungenes Leben?

Ich weiß nicht, sagte Johanna, meins nicht. Elli sagt, Sie sind ein Beispiel für ein gelungenes Leben.

Hannes lachte. So, sagt sie das? Und sagt sie auch, warum?

Elli sagt, Sie bewirtschaften Ihr Leben wie die Chinesen ihre Küche, in der alles bis zur Hühnerkralle verwertet wird. Und Sie haben die Gabe, sagt Elli, überall und immer Wurzeln zu schlagen, zur Not in der Luft.

Bredow lag zwischen ihren, dem Kamin zugewandten Sesseln, den Kopf in die Richtung von Hannes Strahl, und wedelte ab und zu träge mit dem Schwanz. Hannes streichelte ihm die Stirn, sah ins Feuer und sagte: Ein gelungenes Leben, gibt es das überhaupt? Kennen Sie Joseph Campbell? Ein amerikanischer Mythenforscher, von dem der Satz stammt: follow your bliss. Verstehen Sie, was das heißt? Bliss ist so etwas wie ein inneres Wissen über sich selbst, die eigene Vorstellung von Glück.

Glück? sagte Johanna.

Genauer kann ich es nicht erklären. Aber es war mein Bliss, was mich hierher, ins Oderbruch, geführt hat. Hätte ich erst lange überlegt und alle Möglichkeiten des Scheiterns erwogen, wäre ich wahrscheinlich mutlos geworden. Aber jetzt weiß ich, genau dieses Leben habe ich gewollt. Auch mein Entschluss, damals für dreiunddreißig Jahre in New York zu bleiben, entsprang nicht der Ratio, sondern einem starken Wunsch, eben meinem Bliss. Mich hat das Gefühl, dass es in mir diese sichere, dem üblichen Kalkül nicht unterworfene Instanz gibt, immer beruhigt. Etwas hat mich geleitet, und ich habe mich dem nicht widersetzt.

Hannes nahm seine Hand von Bredows Kopf, um Kaffee nachzugießen. Bredow stand auf, drehte sich einmal um sich selbst, als wollte er seine Gliedmaßen neu ordnen, und legte sich wieder hin, diesmal mit dem Kopf zu Johanna.

Sehen Sie, sagte Hannes, der folgt auch seinem Bliss. Wenn ich ihm meine Hand entziehe, sucht er sich eine andere.

So einfach ist das?

Das Schwierigste ist, so tief zu tauchen, dass man es findet und nicht schon vorher an einem Scheinbliss hängenbleibt, sagte Hannes. Danach haben sich mir die meisten Entscheidungen aufgedrängt, ich hatte gar keine Wahl. Er stocherte mit dem Schürhaken im Kaminfeuer, lächelte, als verwundere ihn der Rückblick auf seine unergründlichen Entscheidungen selbst, sagte: Aber so war es wirklich. Und Sie? Wie finden Sie sich zurecht im Labyrinth der Möglichkeiten?

Johanna spielte mit Bredows Ohr, das sich anfühlte wie dicke Seide. Vielleicht haben manche Menschen gar kein Schicksal, sagte sie, die einen haben ein Schicksal, und die anderen sind nur den Schicksalsträgern dienende Füllmasse. In diesem Fall gehöre ich zur Füllmasse.

Das klingt ja wie aus einem Science-Fiction-Film, sagte Hannes Strahl, legte den Schürhaken zur Seite und richtete sich kampflustig in seinem Sessel auf. Nur siedeln Sie die Produktion von Androiden schon in der Schöpfung an. Nein, nein, vor Gott sind alle Menschen gleich, wer oder was Gott auch immer für Sie ist; um ein eigenes Schicksal kommen Sie nicht herum.

Dann habe ich eben ein Schicksal als Füllmasse, sagte Johanna.

Nehmen wir an, Sie haben tatsächlich so ein seltsames Schicksal. Als wessen Füllmasse hat man Sie denn vorgesehen?

Ich gehöre zur mobilen Einsatztruppe. Achim, das ist mein Mann, gehört zur Nachhut von Kleist. Ich diene mal hier, mal da und jetzt gerade Natalia Timofejewna, die ein richtiges Schicksal hatte. Ich beneide Leute mit einem richtigen Schicksal. Dabei habe ich lange Zeit gedacht, ich hätte eins. Damals habe ich geglaubt, meine Aufgabe im Leben sei es, geheime Botschaften zu versenden und so den freien Geist gegen die Diktatur zu verteidigen. Aber seit die Diktatur verschwunden ist, braucht niemand mehr meine geheimen Botschaften, und vielleicht hat sie überhaupt nie jemand gebraucht, jedenfalls ist die Diktatur nicht an ihnen zugrunde gegangen.

Hannes schwieg eine Weile. Eine verhangene Sonne tauchte das Zimmer in ein gelbliches Licht wie auf alten Fotografien, feinste Staubpartikel flirrten geisterhaft durch die Luft. Hannes stand auf, ging langsam zu einem halbhohen Eichenschrank in der gegenüberliegenden Ecke und kam mit einem Zigarillo zwischen den Fingern wieder zurück. Eigentlich rauche er nicht mehr, seit er so spät und unverhofft doch noch Vater geworden sei und sich an diesem Glück so lange wie nur möglich erfreuen wolle. Aber bei besonderen Gelegenheiten gestatte er sich eine Ausnahme, sagte er entschuldigend, und sein Blick schweifte dabei von Johanna zur Tür, hinter der sich irgendwo sein Kind und seine Frau befanden.

Wenn Sie so lange sicher waren, sagte er, dass Ihre Botschaften gebraucht wurden, dann war es vermutlich auch so. Aber das Leben hält sich nicht an unsere ausgeklügelten Konstruktionen. Manchmal stürzt es sie rücksichtslos ein und hinterlässt erst einmal nichts als Leere. Elli hat Ihnen vielleicht erzählt, dass meine erste Frau gestorben ist. Danach war mir meine sichere Vorstellung vom Bliss für einige Zeit abhanden gekommen. Jahrelang habe ich die simpelsten Entscheidungen vor mir hergeschoben. Selbst als der Kühlschrank endgültig versagte, was in den New Yorker Sommern eine Katastrophe ist, fühlte ich mich außerstande zu entscheiden, ob ich nun, für mich allein, einen kleineren oder doch wieder großen kaufen sollte, einen der Eiswürfel herstellen kann oder nicht. Diese Lächerlichkeit erwies sich für mich als unentscheidbar, bis mir Freunde endlich ihren alten Kühlschrank in die Wohnung stellten.

Für mich hat jemand den Hund an einen Abfall-eimer gebunden, sagte Johanna. Ohne den Hund wäre vielleicht alles so weitergegangen und ich hätte mich damit abgefunden.

Bei dem Wort Hund hob Bredow, der inzwischen eingeschlafen war, alarmiert den Kopf. Und jetzt flie-ge ich nach Mexiko, sagte Johanna. Hätte ich nicht seit einem halben Jahr darüber nachgedacht, was so einen Hund befähigt, in jedem Augenblick Freude zu empfinden, und was mir dazu fehlt, würde ich Natalia sicher allein nach ihrer Leonora suchen las-sen.

Hannes drückte seinen erst zu einem Drittel ge-rauchten Zigarillo wieder aus und öffnete das Fenster. Was haben Sie denn herausgefunden? fragte er.

Nicht viel, eigentlich nur, dass es so ist. Er kann es, und ich kann es nicht, sagte sie und fügte nach einer Weile hinzu: Es hat mit Liebe zu tun.

Sie dachte an Lillys zarten Schinken, den Hannes Strahl mit Genuss verspeist hatte, obwohl Lilly in ihn verliebt gewesen war. Im Gegenlicht konnte sie sein Gesicht nicht erkennen, er stand noch immer vor dem offenen Fenster. Sie finden das vermutlich al-bern, sagte sie.

Da verkennen Sie mich aber gründlich, sagte Hannes und löste sich wieder aus seinem Schatten. Liebe finde ich nie albern, selbst wenn sie so erscheint.

Und Lilly?

Während der Heimfahrt quälte sie eine unvernünftige Angst um Bredow, der bei der Abfahrt wild hinter ihr hergebellt und in immer neuen Anläufen versucht hatte, sich aus dem festen Griff von Hannes zu befreien, und der sich nun, weil er ja nicht wissen konnte, dass sie zurückkommen würde, wieder verlassen fühlen musste, verraten von ihr, die ihn gerettet hatte und der er seitdem in unerschöpflicher Liebe gefolgt war. Aber schließlich wäre es auch widersinnig gewesen, hätte sie das, was sie Bredow zu verdanken glaubte, ihm gleichzeitig wieder geopfert, indem sie auf die Reise nach Mexiko verzichtete, nur um ihn nicht zu enttäuschen. Sie hatte das sichere Gefühl, dass Natalia, Mexiko, Leonora und Bredow auf eine geheimnisvolle Art zusammengehörten. In ihrem vorletzten Brief hatte Natalia noch einmal gefragt, ob Johanna inzwischen das »Hörrohr« gelesen hätte.

Ich vermute, meine Liebe, schrieb Natalia, *dass Sie darin Aufschluss finden werden über einige Fragen, die Sie sehr zu beschäftigen scheinen. Sie schreiben, wie der Hund ihr Leben verändert hat, und gleichermaßen, wenn ich mich nicht täusche, genieren Sie sich, dass es ausgerechnet ein Hund ist,* der etwas Verlorengeglaubtes in Ihnen geweckt hat. Glauben Sie mir, es ist vollkommen gleichgültig, wodurch wir zurück ins Leben gerufen werden. Manchmal kommt etwas hinzu wie Ihr Hund, manchmal muss etwas verschwinden, um das Kind in uns aus dem Scheintod zu reißen. So war es bei mir. Leonora unterscheidet nicht zwischen Menschen und Tieren, für Leonora zählt nur das Leben. Gestern waren Marianna und ich wieder an ihrem Haus, aber es hat niemand geöffnet und die Fenster waren verrammelt wie beim letzten Mal. Gegenüber von Leonoras Haus steht eine Ruine, eigentlich nicht einmal eine Ruine, sondern ein riesiger, von Unkraut überwucherter Schutthaufen, aus dem ein paar Betonpfeiler ragen, auf dem schief und zerborsten die eingestürzte Decke liegt und der uns schon beschäftigt, seit wir zum ersten Mal vor Leonoras Haus gestanden haben. Marianna sagt, das Haus sei ganz gewiss bei dem schrecklichen Erdbeben von 1985 zerstört worden und sie frage sich, warum Leonora seitdem diesen deprimierenden Anblick ertragen müsse, denn Leonora sei so berühmt, dass ein Anruf von ihr bei der Stadtverwaltung genüge, und schon am nächsten Tag würde dieser Steinhaufen verschwinden.

Ich wusste gar nicht, dass Leonora so berühmt ist.

Gestern nun sahen wir, wie aus dem Gestrüpp eine Gestalt mit einer Katze im Arm auftauchte und kurz darauf unter den Trümmern wieder verschwand. Marianna wollte unbedingt wissen, ob in der Ruine etwa jemand wohne und ob Leonora, von deren Warmherzigkeit ich ihr so viel erzählt hatte, das seit zwanzig Jahren zugelassen hätte. Sie sprach einen Mann an, der offensichtlich in der Autowerkstatt neben Leonoras Haus arbeitete. Ja, im Keller der Ruine wohne eine Frau, sagte er, eine Frau und zwanzig Katzen. Seit Jahren wolle man sie von dort vertreiben, aber die Frau und die Katzen stünden unter dem besonderen Schutz von Señora Carrington. Die Frau hätte ihm erzählt, dass Leonora sie hin und wieder besuche und sie lange Gespräche führten über die Katzen und das Leben. Marianna schämte sich, weil sie Leonora zu Unrecht verdächtigt hatte. Ich aber erkannte Leonora wieder, wie ich sie in Erinnerung hatte, und war darüber sehr froh. Ich stellte mir vor, wie Leonora, in jeder Hand eine große Tüte mit Katzenfutter, am Abend über die Straße geht und über eine verborgene Treppe zwischen den Gesteinsbrocken in den Keller steigt; wie die beiden Frauen und die zwanzig Katzen dann mit würdigen Gesichtern in einem großen Kreis sitzen und sich in einer Geheimsprache miteinander verständigen. Ich habe schon immer geglaubt, dass Leonora die Sprache der Tiere versteht. Sie kennen ja inzwischen einige ihrer Bilder, wenigstens die Reproduktionen. Sehen Sie darauf reine Menschen oder reine Tiere? Fast immer steckt in den Menschen ein Tier, oft kein bestimmtes, aber ein tierähnliches Wesen. Und auch Leonoras Tiere sind nicht rein, sie bewegen sich wie Menschen, gehen oft aufrecht und tragen Gewänder. Kennen Sie die Tochter des Minotaurus? Sie ist entzückend. Stellen Sie sich Ihren Hund vor als eines von Leonoras Geschöpfen (schrie-

ben Sie nicht, Ihr Hund sei schwarz?), eine aufrechte priester-
liche Gestalt, oder was immer Sie in ihm sehen oder was Leonora in ihm sehen könnte. Und dann, meine Liebe, wird es
Ihnen vielleicht ganz natürlich erscheinen, dass ein Hund
und nicht ein Mensch Ihnen eine Botschaft des Lebens überbracht hat. Es ist wirklich gleichgültig, glauben Sie mir. Mit
Botschaften verhält es sich ähnlich wie mit der Liebe, nur
umgekehrt: den Geist einer Liebe bestimmt allein der Lieben-
de, nie der Geliebte. Der Inhalt einer Botschaft hingegen
hängt von ihrem Empfänger ab; nur was er zu empfangen
vermag, wird letztlich die Botschaft gewesen sein.

Hier in Mexiko, in der schönen phantasievollen Welt
des Aberglaubens, würde Ihnen das alles nicht absonder-
lich erscheinen, obwohl die meisten Leute hier ihre Hunde
nicht gut behandeln. Wenn sie nicht herrenlos und halbver-
hungert durch die Straßen streunen, sieht man sie auf den
glutheißen, schattenlosen Terrassen der Stadtwohnungen,
sodass man sich fragt, wie sie das überleben. In die mexikanische Mythologie haben es nur die lächerlichen haarlosen
Hunde geschafft, die Lieblinge von Frida Kahlo und Dolo-
res Olmedo, deren Museum ich Ihnen unbedingt zeigen
muss, wenn Sie sich endlich ermutigen und herkommen.
Und das sollten Sie unbedingt tun. Ich hatte schon fast
vergessen, wie sich, von hier aus gesehen, alles verändert,
die Dinge und die Menschen. Aber nach wenigen Wochen,
ach, schon nach Tagen, erschien mir die Welt im wahrsten
Sinne des Wortes in einem anderen Licht. Gehen Sie über

den Markt von Xochimilco mit den unzähligen kleinen Garküchen und den Ständen mit grünen, roten und schokoladenfarbenen Pyramiden aus Gewürzpulver, mit leuchtenden Früchten und dampfendem Fleisch; oder gehen Sie am Sonntag durch den Chapultepec-Park, wo die Großfamilien unter den Bäumen ihr Picknick ausbreiten und das Geschrei der Kinder und Verkäufer schrill wie die Farben der Spielsachen, Süßigkeiten und Getränke die Sinne bestürmen, und nach einer Weile werden Sie lachen und sich fragen warum. Marianna hat mir von ihren deutschen Freunden erzählt, die vor zehn Jahren ihre neunzigjährige Mutter zum Sterben aus Berlin nach Mexiko geholt haben und nun ihren hundertsten Geburtstag vorbereiten. Und obwohl alle Welt behauptet, das Klima in Mexico City sei zum Ersticken, atme ich hier so leicht wie schon lange nicht mehr, als hätte man der Luft atomisiertes Leben beigemischt.

Wahrscheinlich fragen Sie sich, was eine wildfremde uralte Frau veranlasst, Ihnen ein Glück aufzuschwatzen, nach dem Sie sich vielleicht gar nicht sehnen. Etwas in Ihren Zeilen erinnert mich an eigene Gemütsverfassungen früherer Jahre. Dieses heillose Erschrecken, wenn man zum ersten Mal den Vorhang lüftet und einen Blick auf die Kulisse für den letzten Akt des eigenen Lebens wirft. Auch den habe ich inzwischen fast hinter mir und sehe meinem endgültigen Abgang von dieser Bühne gefasst entgegen. Aber ich hatte genug Zeit zu lernen, wie man diesen Jahren abtrotzt, was sie *freiwillig nicht hergeben wollen. Gemessen an mir, liebe Freundin, sind Sie jung, aber der Schrecken, das spüre ich, hat Sie schon gepackt. Überdies fürchte ich, meine Reise, die wahrscheinlich meine letzte gewesen sein wird, könnte mir, wenn ich erst wieder zu Hause bin, wie ein schöner Traum entfliehen. Sie aber wären meine Zeugin, und wir könnten uns für eine Weile noch gemeinsam erinnern.*

Johanna wusste nicht, wie alt Natalia wirklich war. Vielleicht hatte sie ihr dreißig, vielleicht auch fünfunddreißig Jahre voraus. Sie sah aus dem Fenster auf die endlose weiße Wolkendecke, die den trügerischen Anschein weckte, man könne sich in sie fallen lassen wie in frischen Schnee. Mein Gott, dachte sie, fünfunddreißig Jahre, ein halbes Leben.

Er überlegte, wie er das Essen bei Kreihuber noch absagen könnte. Er fühlte sich matt und zu erschöpft, um sich Kreihubers manischem Eifer für das neue Projekt auszusetzen. Kopfschmerz und Übelkeit klang nach einer Ausrede, aber vielleicht Magen-Darm-Infekt, da verbot die Diskretion peinliche Nachfragen. Allein der Gedanke an die Fahrerei verdross ihn. Er müsste sich vorher zu Hause umziehen. Er hasse jede Art von Formlosigkeit, sagte Kreihuber bei jeder Gelegenheit, was meistens der Auftakt für eine kleine erregte Rede über die Umtriebe der Achtundsechziger an den bundesdeutschen Universitäten war, die ihn, Kreihuber, um einen ordentlichen Professorentitel gebracht hätten, weil man ihn, ungefragt und obwohl seine Habilitationsschrift so gut wie fertig gewesen sei, vom Assistentenstatus in eine Professur übergeleitet hätte wie Hunderte oder gar Tausende anderer auch, von denen die meisten später auf irgendwelchen C2-Stellen verkommen seien. Nur Glück und außerordentlicher Fleiß hätten ihn vor solchem Schicksal bewahrt. Kreihuber liebte Worte wie

Ordinariat und Ordinarius oder kolloquial: Sie sollten den Ton vielleicht etwas kolloquialer halten, hatte
er zu seinem letzten Vortrag gesagt; ihr Institut
nannte er Seminar. Nachdem er zur ersten Einladung
bei Kreihubers als einziger im Pullover erschienen
war, hatte er sich bei folgenden Gelegenheiten der
Kreihuberschen Anzugpflicht unterworfen. Er müsste
also zuerst nach Hause fahren und dann an den nord-
östlichen Stadtrand, wo Kreihubers, als sie Anfang
der Neunziger von Bamberg nach Berlin umgesiedelt
waren, überaus günstig, wie Frau Kreihuber beteuerte, ein mittelgroßes Anwesen erworben hatten. Obwohl Ernst Kreihuber ein umgänglicher Chef und
seine Frau eine bemühte Gastgeberin war, enthielten
Einladungen in die Stadtrandvilla für Achim immer
auch etwas Demütigendes. Allein die Rituale des
Empfangs, das wartende Herumstehen mit dem Pro-
seccoglas in der Hand, die feierliche Verteilung der
Sitze bei Tisch, die ihn fast immer zwischen die lang-
weiligsten der anwesenden Gattinnen beförderte,
selbst Kreihubers gutgelaunte Plauderei, die er eher
als jovial empfand, blieben ihm fremd und unbehaglich. Zudem hielt er Kreihuber für einen Germanis-
ten mäßigen Zuschnitts, der, hätte die deutsche Ver-
einigung nicht den ganzen Osten in ein Dorado für
zweit- und drittrangige Wissenschaftler westdeut-
scher Universitäten verwandelt, immer noch in Bam-

berg gesessen hätte und da auch bis zu seiner Pensio-
nierung, wahrscheinlich sogar bis zu seinem Tod,
geblieben wäre, statt einem renommierten hauptstäd-
tischen Institut vorzustehen und überdies seine ostdeutschen Mitarbeiter in bürgerlicher Lebensart zu
unterweisen. Trotzdem, wusste er, würde er pünktlich
vor Kreihubers Gartenpforte stehen, sich mit Flos-
keln, die ihm noch vor einigen Jahren nicht über die
Lippen gekommen wären, für die Einladung bedan-
ken und der Gastgeberin den obligatorischen Blu-
menstrauß überreichen, weil er im Falle seines Fern-
bleibens riskiert hätte, dass Ortwin Hoppe, der keine
Gelegenheit, fremdes Territorium zu erobern, unge-
nutzt ließ, ihn an den Rand des neues Projekts drängen würde. Ortwin und er kannten sich schon aus
dem alten Institut, wo sie konkurrenzlos an verschiedenen Werkausgaben gearbeitet hatten. Aber seit sie
beide als einzige von Kreihuber übernommen worden waren, hatte sich der bis dahin wortkarge, dafür
immerfort lächelnde und von einem permanenten
Schnupfen geplagte jüngere Kollege in einen allzu
zielstrebigen Rivalen verwandelt. Statt der selbstge-
strickten Pullover und karierten Hemden trug er
nun meistens Jacketts oder Anzüge, hatte seinen Voll-
bart abrasiert, und sogar von seinem Schnupfen war
nur ein näselnder Tonfall geblieben. Es wäre leichtfertig gewesen, ihm das Kampffeld an Kreihubers Tafel

einfach zu überlassen und zudem Kreihuber mit einer unglaubwürdigen Entschuldigung zu verärgern, was ihn für Hoppes Anbiederei umso empfänglicher gemacht hätte. Erwägungen dieser Art beschämten ihn und waren ihm zuwider. Manchmal dachte er, dass es seine Würde weniger verletzt hatte, als er sich noch einem ganzen Staat mit seiner Armee, Polizei und seinem Geheimdienst unterwerfen musste und nicht einem mediokren Professor, der, wären sie beide zu gleichen Bedingungen gestartet, nie und nimmer sein Chef geworden wäre. Einem monströsen Staat zu unterliegen, gegen den auch Giganten nicht ankamen, war keine Schande, aber so einem Bamberger Hörnchen wie Kreihuber? Er schlug mit einer Hand vergnügt auf das Lenkrad und lachte über den gelungenen Vergleich. Bamberger Hörnchen. Von der Existenz dieser zwergwüchsigen Edelkartoffel hatte er ausgerechnet zum ersten Mal von Frau Kreihuber erfahren, die sie zu einem Abendessen als Delikatesse auf den Tisch gebracht hatte, nicht ohne die Unwissenden unter ihren Gästen darüber aufzuklären, dass diese Köstlichkeit seit 1870 in der Gegend um Bamberg angebaut werde, mit der französischen La Ratte und der Pink Fir Apple verwandt sei, als freie Landsorte aber leider immer noch nicht auf der Liste des Bundessortenamtes stehe und dass es ihr lange auch an einem Erhaltungszüchter gefehlt hätte; nun aber, Gott sei Dank, habe sich ein Landwirt in der Lüneburger Heide des Bamberger Hörnchens und seiner Anhänger erbarmt, sagte sie und stellte die Kartoffelschüssel, die sie während ihrer ganzen Ansprache wie einen gerade gewonnenen Pokal in den Händen gehalten hatte, endlich auf den Tisch. Das war eine Schande, dachte er, sich so einem Bamberger Hörnchen anzudienen, war eine Schande.

Er hielt an einem Blumenladen, kaufte ein schon gebundenes Sträußchen für zehn Euro, kehrte noch einmal um, entschied sich für ein zweites und rief bei Laura an. Plötzlich und ungewohnt heftig sehnte er sich nach der Nähe seiner Tochter. Ihrer beider Verhältnis war zwar liebevoll, aber gleichermaßen distanziert. Nie hätte er sie, wie Johanna, nach ihren Liebesgeschichten befragt, und Auskünfte, die Laura ihm freiwillig gab, enthielten fast nie mehr als die sachliche Information über ihre jeweils neuen Lebensumstände: sie habe jetzt einen neuen Freund, auch ein Physiker, sein Name sei Alex, und sie werde ihn demnächst mal zum Essen mitbringen. Oder sie sagte, die Geschichte mit Alex sei nun vorbei, und überließ es ihm, herauszufinden, ob die Trennung sie schmerzte oder eher erleichterte. Nur wenn sie Bewerbungen schreiben oder Stipendienanträge ausfüllen musste, fragte sie lieber ihn als Johanna. Allerdings war sie inzwischen auch darin geschickter als er.

Laura meldete sich nur mit dem Nachnamen, was ihn befremdete, aber warum? Er selbst nannte am Telefon auch nur seinen Nachnamen, aber Laura hatte sich bis vor kurzem, jedenfalls kam ihm das so vor, mit Laura Märtin gemeldet, jetzt nur Märtin. Laura Märtin hieß, dass es andere Märtins gab, zu denen Laura gehörte. Märtin allein klang wie eine Autonomieerklärung, als hätte sie diese Abstammung aufgekündigt oder wenigstens für absolut unwesentlich erklärt. Er wusste nicht mehr, wann er aufgehört hatte, sich als Achim Märtin vorzustellen, früh wahrscheinlich.

Hast du einen Kaffee für mich, fragte er.

Klar, wenn du noch weißt, wo ich wohne.

Na, hör mal. Also bis gleich.

Laura räumte die Papierstapel und Bücher von den Sesseln, drehte ein paar lose hängende Haarsträhnen über den Zeigefinger und klemmte sie unter die Spange am Hinterkopf, zupfte an ihrer Strickjacke und den Jogginghosen, sagte: ich sehe schrecklich aus, ich weiß.

Blass bist du, sagte er.

Wenn ich bis zum Sommer fertig werde, könnte ich mich noch für das Stipendium in Boston bewerben.

Er sah ihr zu, wie sie in der Küche, die dem Zimmer direkt gegenüber lag, Wasser in die Vase füllte, wie sie Tassen, Kaffee und sogar ein Schälchen mit Keksen auf das Tablett stellte. In diesem unaufgeregten häuslichen Hantieren glich sie Johanna, aber im Wesen erinnerte sie ihn an seine eigene Mutter, deren zielstrebige Energie nur nie ein lohnendes Ziel gefunden und sich darum in der Sorge um Sohn und Mann und im anachronistischen Kampf um ein bürgerliches Milieu inmitten einer zunehmend verwahrlosenden Gesellschaft ausgetobt hatte. Er war schon immer stolz gewesen auf seine begabte und ehrgeizige Tochter, und seit einiger Zeit mischte sich unter den Stolz sogar Bewunderung. Laura war anders als er. Ihre Leidenschaft für die Wissenschaft entsprang einer anderen Quelle, sie liebte das Risiko und den Erfolg. Er hingegen hatte vielleicht wirklich zwischen den Büchern vor allem einen Platz gesucht, der ihn vor dem Leben bewahren sollte. Das jedenfalls behauptete Johanna neuerdings, auch wenn sie ihm nicht sagen konnte, wie das andere, richtige Leben, das sie mit ihm führen wollte, aussehen sollte. Aber Laura schien es zu wissen, dachte er. Laura wollte in die Welt, sie wollte alles, obwohl Johanna, nachdem Laura das Kind abgetrieben hatte, meinte, sie hätte sich nun wohl für seinen, Achims Weg entschieden, der für eine Frau mit einem Kind an der Hand aber zu schmal sei.

Laura ließ sich mit einem Seufzer in den Sessel fallen und fragte: Was ist los? Fühlst du dich schon einsam?

Ich weiß nicht. Vielleicht.

Sonst redet ihr doch auch kaum miteinander.

Wer sagt das?

Deine Frau.

Das stimmt nicht. Sie redet kaum noch mit mir, seit sie den Hund hat.

Also stimmt es doch. Sie sagt, du hast dich verändert.

Ja, das sagt sie. Sie hat sich auch verändert, man verändert sich eben, wenn man alt wird.

Laura sagte, sie hätte gerade gelesen, dass der Mensch im Alter radikal zu dem werde, was er sowieso sei, weil der Mensch sein Leben lang vorwiegend das zur Kenntnis nehme, was ihn in seinem Verhalten und seinen Ansichten bestätige, und je länger dieser Prozeß dauere, umso extremer forme sich der Charakter, extrem herrisch oder extrem milde, extrem geizig oder rechthaberisch, grob und allgemein als Altersstarrsinn bezeichnet, aber eigentlich nur die zwangsläufige Folge aller Jahre davor. Deine Frau, sagte Laura, verliert nur allmählich ihre Anpassungsfähigkeit. Oder du bist inzwischen ein so extremer Misanthrop, dass es einfach ihr Naturell sprengt.

Sein Lächeln kostete ihn Mühe. Darf man bei dir noch rauchen, oder übst du schon für Amerika?

Laura holte wortlos einen Aschenbecher aus der Küche. Er stopfte seine Pfeife, sah erst wieder auf, nachdem er sie angezündet hatte, nahm zwei, drei schnappende Züge. Sie verliert also ihre Anpassungsfähigkeit, sagte er, so siehst du das.

Laura griff beschwichtigend nach seinem Arm, sagte, so ernst hätte sie es nicht gemeint, sie wolle sich auch nicht einmischen, aber in letzter Zeit seien sie beide ihr wie ein entkoppelter Zug vorgekommen, die eine Hälfte bleibt stehen, die andere fährt weiter.

In den Fenstern des gegenüberstehenden Hauses spiegelte sich rotglühend die späte Sonne und blendete ihn. Er wechselte seinen Platz, saß nun dicht neben seiner Tochter und hätte sie jetzt gern in den Arm genommen wie früher, als sie noch ein Kind war und er sie stundenlang auf den Schultern getragen hatte oder, wenn sie schlief, in den Armen. Aber seit sie erwachsen war, beschränkten sich ihre Zärtlichkeiten auf Wangenküsse zur Begrüßung und zum Abschied. Manchmal, wenn er das Gefühl hatte, sie brauche Beistand oder Trost, strich er ihr über das Haar. Heute war er es, der Beistand suchte; dieser Rollenwechsel gehörte offenbar auch zum Altwerden. Aber wenigstens war er noch der Vater seiner Tochter, wenn er schon nicht mehr sicher sein durfte, ob er noch der Mann seiner Frau war.

Weißt du, was sie in Mexiko will, fragte er.

Papa, sagte Laura; noch einmal: Papa. Obwohl ihr

Ton und ihr Blick sich schon im Voraus zu entschuldigen schienen für etwas, das sie ihm gleich zumuten würde, stieg für den Augenblick eine glückhafte Rührung in ihm auf. Das eine Wort, diese zwei Silben bargen, so kam es ihm vor, die letzte Gewissheit der vergangenen achtundzwanzig Jahre.

Ich bin froh, dass sie das macht, sagte Laura, einfach wegfliegen und sehen, was man findet. An ihrer Stelle wäre ich längst weg gewesen. Wenn sie monatelang allein auf eurer Endmoräne hockt, fehlt sie dir doch auch nicht.

Das ist etwas anderes.

Klar, weil du weißt, wo sie ist und was sie macht und dass sie darauf wartet, dass du mal vorbeikommst. Sogar ich habe gesehen, dass sie unglücklich war. Als ich sie besucht habe und sie in der Küche stand mit ihrer Schürze und Bratkartoffeln machte, sah sie plötzlich so kaputt aus, obwohl sie nicht mehr Falten hatte als sonst, auch nicht dicker war und ihre Haare ordentlich gefärbt hatte. Sie sah aus, als hätte sie schon immer nur auf ihr Kind gewartet, um es mit Bratkartoffeln und Schokoladenpudding vollzustopfen.

Lauras Erregung wuchs mit jedem Wort und überzog ihr blasses Gesicht mit fleckiger Röte, während sich ein feuchter Film auf ihre Augen legte. Sie sprach schnell, ohne zu überlegen, als hätten all diese

Sätze in ihr schon lange darauf gewartet, endlich ausgesprochen zu werden.

Ich habe schon ewig nicht mehr gesehen, dass ihr euch umarmt oder küsst. Ihr seht überhaupt nicht mehr aus wie Leute, die sich lieben. Ihr habt auch kaum noch Besuch wie früher, in der alten Wohnung, als ihr bis in die Nacht geredet und getrunken habt. Jetzt sitzt jeder allein in seinem Zimmer, oder du in Berlin und sie in Basekow.

Die Tränen schwemmten über ihre Lider und hinterließen klebrige Spuren auf dem erhitzten, in seinem kummervollen Protest wieder ganz kindlich wirkenden Gesicht. Ehe er etwas sagen oder den Arm nach ihr ausstrecken konnte, sprang sie auf und lief ins Bad. Er hörte, wie sie sich schnaubte, den Wasserhahn laufen ließ, wohl um sich das Gesicht zu waschen, wie sie leise vor sich hin schimpfte aus Ärger über ihn oder sich selbst. Als sie zurückkam, fragte sie, ohne ihn anzusehen: Willst du ein Glas Rotwein?

Er öffnete die Flasche, sah dabei auf seine Uhr. In spätestens einer Viertelstunde müsste er gehen, wenn er pünktlich bei Kreihubers sein wollte. Liebe verändert sich im Lauf der Zeit, sagte er.

Und ist dann immer noch Liebe oder was?

Er hätte wissen müssen, dass dieser Satz in den Ohren seiner Tochter keinen Bestand haben würde, wag-

te trotzdem den nächsten: Ja, auch. Oder nenn es ach-
tungsvolle Zuneigung.

Sie hielt ihr Glas in beiden Händen, ließ den Wein
darin kreisen, sah ihn immer noch nicht an. Du
meinst Liebe in einem anderen Aggregatzustand.
Wasser in anderem Aggregatzustand ist Eis oder
Dampf. Was meinst du, Eis oder Dampf? Und dann
fragst du, was sie in Mexiko will. Vielleicht wollte sie
ja nur in die Sonne.

Ja, vielleicht, sagte er, klopfte seine Pfeife aus, sah
auf die Uhr, ließ beide Hände auf die Sessellehnen
fallen, als würde er sich im nächsten Augenblick darauf stützen, um aufzustehen, und sagte: Ich muss gehen.

Laura hob den Kopf, nickte, zuckte mit den Schultern, lächelte. Tut mir leid, sagte sie, wobei offen
blieb, ob ihr Bedauern seinem Aufbruch galt oder ihrer heftigen Rede.

Sie hatte die Tür schon geöffnet, als er sie endlich
doch in die Arme nahm und ein paar Sekunden wieg-
te, um sie oder sich oder sie beide zu trösten.

Im Flugzeug begann es sich allmählich zu regen. Auch Johannas Nachbar, der seit der letzten Mahlzeit geschlafen hatte, öffnete die Augen, reckte den Kopf, sog schnuppernd wie ein Tier die Luft ein, als seien ihm gerade, hier oben in zehn- oder zwölftausend Meter Höhe und durch die Klimaanlage gefiltert, heimatliche Düfte in die Nase gestiegen. Er beugte sich über Johanna, um aus dem Fenster zu sehen, ließ sich aber angesichts des undurchdringlichen Wolkenfelds wieder enttäuscht in seinen Sitz fallen. Johanna versuchte ihre tauben Beine auszustrecken, um sich zu vergewissern, dass sie wirklich noch zu ihr gehörten, verfing sich in den Henkeln ihrer Tasche und begnügte sich damit, die Füße in den Gelenken zu kreisen. Noch zwei Stunden und achtzehn Minuten. In der kurzen Zeit, die ihr zwischen dem Entschluss zu reisen und dem Tag des Abflugs geblieben war, hatte Johanna versucht, wenigstens oberflächliche Kenntnis des Landes zu erlangen, von dem sie bis dahin nicht viel mehr wusste, als dass es von

Indios und den Nachfahren der spanischen Erobe-
rer bevölkert und die Mehrheit seiner Bewohner bet-
telarm war und dass die Amerikaner darum einen
Grenzzaun gebaut hatten, der sie vor der Invasion
illegaler mexikanischer Einwanderer schützen sollte.
Außer dem Büchlein über Leonora Carrington hatte
sie einen Reiseführer, das Mexiko-Heft einer Reise-
zeitschrift, Egon Erwin Kischs »Entdeckungen in
Mexiko« und sogar einen Sprachkurs »Spanisch in
letzter Minute« erworben, den sie allerdings nach
nur einstündigem Bemühen beiseite gelegt und stattdessen am nächsten Tag ein kleines Wörterbuch für
den Notfall gekauft hatte. Sechsundzwanzig oder
achtundzwanzig Millionen Einwohner, genau wusste
es niemand, in Mexiko-Stadt. Vor sechzig Jahren waren es noch zwei Millionen. Damals hatten Mariannas Eltern auf dem Land zwischen Maisfeldern
und in der Nähe von Wäldern ihr Haus gebaut.
Heute liegt es mitten in der Stadt, schrieb Natalia.
Auf den Bildern im Reiseführer war von der Mega-Ci-
ty, dem Moloch Stadt, nichts zu erkennen, und der
Engel auf dem Paseo de la Reforma ähnelte der
Gold-Else am Großen Stern in Berlin.

*Immer wieder bin ich verwundert, wie mir hier Fremdes mit
Vertrautem verschwimmt,* schrieb Natalia, *und ich bin nie
sicher, ob es die Erinnerung an die Vergangenheit, an meine*

Jugend, ist, die mir in manchen Bildern aufersteht, oder ob es eher etwas Mystisches ist, das wir aus unserem Leben getilgt haben, das hier aber bewahrt wurde und in uns ein unsicheres Wiedererkennen weckt, wie ein halbvergessenes Gesicht, dem wir keine Begegnung mehr zuordnen können. In den Nächten höre ich das Bellen und Heulen der wilden Hunde und frage mich, was sie wohl treiben und wie sie sich fühlen mögen in der Stadt, nachts, wenn sie ihnen gehört, weil die Menschen aus Furcht vor anderen Menschen sich nicht auf die Straßen trauen. Und dann muss ich an Leonora denken, der es sicher gefallen wird, dass in der Nacht die Herrschaft über die Stadt an die Hunde, Katzen und Ratten übergeht. Vielleicht wagt sie sich sogar hinaus und spricht mit ihnen; sicher habe ich Ihnen schon erzählt, dass Leonora mit der Gabe bedacht ist, die Sprache der Tiere zu verstehen. Gestern, als wir hier draußen spazieren gegangen sind, weil Marianna mir einige Geschäfte zeigen wollte, habe ich zwei Hunde gesehen, die offenbar zueinander gehörten. Sie waren etwa gleich groß, beide von unklarer Rasse, der eine falb, der andere schwarz-braun-gefleckt, nicht so abgemagert und verängstigt wie die meisten herrenlosen Hunde, die hier herumstreunen, im Gegenteil, sie wirkten seltsam souverän, als lebten sie ganz nach der ihnen gemäßen Art. Ab und zu blieb einer von ihnen stehen und schien den anderen stumm zu verständigen, wenn er etwas Interessantes gefunden hatte, sie warteten aufeinander, um die Straße zu überqueren, wie Marianna und ich. Ich muss gestehen, dass ich mich früher für Tiere nicht sonderlich interessiert habe, wenn überhaupt, dann für Katzen, aber eigentlich auch nicht für Katzen. Ich habe erst unter der Knute des Alters meinen menschlichen Hochmut aufgegeben. Das Alter und der Tod machen uns den Tieren gleicher; unbarmherzig ziehen sie uns auf die andere Seite, in das Reich der Natur. Wenn unser Gehirn allmählich schwach wird und die Organe ihren Dienst verweigern, rettet uns unsere Kultur nicht mehr, und wir unterliegen dem gleichen Gesetz wie die Tiere. Allerdings hat mich diese Einsicht nie dazu verführt, mir ein Tier zur Gesellschaft ins Haus zu nehmen. Mich würde die ständige Erinnerung an meine kreatürliche Vergänglichkeit, der ich die Herrschaft über mich bislang erfolgreich verweigere, wohl eher deprimieren, obwohl ich durchaus verstehe, dass andere Menschen, so wie Sie, meine Liebe, Trost daraus beziehen. Leonora erhofft sich von einem Bündnis mit den Tieren sogar die Errettung der Welt. So jedenfalls endet das »Hörrohr«, das Sie, wie Sie schreiben, leider immer noch nicht gelesen haben. Mit Bienen, Werwölfen, Katzen und Ziegen will sie den Planeten bevölkern. »Inbrünstig hoffen wir alle, dies möge eine Verbesserung der Menschheit bedeuten ...« schreibt die uralte schnurrbärtige Marian Leatherby auf eine Wachstafel, die ihr während einer gerade angebrochenen Eiszeit als Tagebuch dient.

Das hört sich wahrscheinlich ziemlich verrückt an; und obwohl ich selbst eher rationalen Prinzipien folge und Leonoras phantastische Talente mir versagt geblieben sind, kann ich eigentlich nicht glauben, dass Leonora sich das wirklich alles ausgedacht hat. Es könnte doch sein, dass diese Geschichten und Gestalten unsichtbar und unhörbar für die meisten von uns durch die Welt schwirren und nur Auserwählte wie Leonora sie sehen und hören dürfen. Vielleicht haben ihr die Tiere ja davon erzählt. Wie auch immer, mir bereitet es Vergnügen, ja, geradezu Genugtuung, die Schwerkraft der Verhältnisse vorübergehend außer Kraft zu setzen und für Leonoras Göttin Hecate Zam Pollum, deren Armee ohne mich aus sechs alten Weibern, Bienen, Wölfen, einem Postboten, einem Chinesen, einem Dichter, einer atomgetriebenen Arche und einer Werwölfin besteht, den Heiligen Gral zurückzuerobern. Was unser Leben wirklich bedeutet, weiß schließlich niemand. Neulich als ich nicht schlafen konnte, habe ich in Mariannas deutschen Zeitschriften gelesen, die sie von ihren Freundinnen bekommt und an andere Freundinnen weitergibt. Deutschland ist fern, und hier ist es gleichgültig, wie alt die Zeitungen sind. Dabei habe ich ein Zitat von Einstein gefunden: »Das Unverständlichste am Universum ist im Grunde, dass wir es verstehen können.« Ich habe mir diesen Satz eigens für Leonora gemerkt, weil ich annehme, dass er sie erheitern wird. Leider habe ich bis jetzt immer noch nicht herausfinden können, wo sie sich aufhält. Die jungen Frauen aus dem Museum vermuten sie in New York, was Gustavo aber bezweifelt, weil Leonora unter schrecklicher Flugangst leidet, darum freiwillig niemals fliegen würde und die Davidoffs, die sie früher in ihrer Luxuslimousine *mitgenommen haben, selbst nicht mehr reisen oder sogar schon tot sind. Es passt zu Leonora, dass sie sich einfach unsichtbar macht. Oder man hat ihr längst erzählt, dass ich sie suche, und sie will mich nur nicht sehen oder erinnert sich an mich nicht mehr. Aber wir werden sie finden, meine Liebe, wir werden sie finden, nicht wahr?*

Wir werden sie suchen, dachte Johanna, und wer weiß, vielleicht wäre es sogar besser, wir fänden sie nicht. Sie hatte sich inzwischen ein Bild gemacht von Max Ernsts Windsbraut, die an ihrer Liebe wahnsinnig geworden war und fast gestorben wäre, die so außergewöhnlich war wie sie, Johanna, gewöhnlich; die mit ihren Bildern im Kopf schon auf die Welt gekommen war und von Anfang an keine Wahl hatte, die sich darum an einer Weggabelung auch nicht für die falsche Richtung entscheiden konnte; und die niemals, nur weil ein Mann über sie lachte, aufgehört hätte, mit Bäumen zu sprechen. Aber sie, Johanna, hatte mit ihrem kindlichen Ritual gebrochen, sie hatte sogar mit Achim über ihre Marotte, wie er es nannte, gelacht. Damals war sie vielleicht zum ersten Mal von dem Weg abgewichen, der ihrer gewesen wäre.

Ihr vertraulicher Umgang mit den Bäumen hatte schon während der Schulzeit begonnen, als an einem Wintermorgen aus der kleinen Parkanlage am Ende ihrer Straße ein nicht sehr lautes, klagendes Ge-

räusch drang. Es klang nicht menschlich, eher dachte
sie an ein verletztes Tier. Sie blieb stehen und wartete,
bis zum zweiten Mal, dicht neben ihr, aber doch entfernt, dieses herzrührende Stöhnen zu hören war. Es
kam von oben, aus der Krone der Pappel, neben der
sie gerade stand. Und dann noch einmal, so eindringlich und sanft, als spräche der Baum wirklich zu ihr,
sodass sie das Gefühl hatte, es wäre unhöflich, seinen
Gruß nicht zu erwidern. Sie berührte flüchtig seine
Rinde und wünschte ihm einen guten Tag. Seitdem
grüßte sie ihn, sooft sie an ihm vorbeikam, auch
wenn der Baum schwieg. Sie fand nie heraus, wovon
es abhing, ob er mit ihr sprechen wollte oder nicht.
Jedenfalls nicht vom Wind. Es kam vor, dass er
schwieg, wenn es stürmte, und sie ansprach, wenn die
Zweige der umstehenden Bäume von keinem Wind-
hauch bewegt wurden. Aber vielleicht konnte sie ihn
in stürmischem Getöse nur nicht hören. Auch später,
als sie schon erwachsen war, antwortete sie, wenn
auch nur flüsternd, jedem Baum, von dem sie sich angesprochen glaubte; und jedes Mal überlief sie dabei
ein unheimlicher Schauer, wie sie ihn seitdem nur
noch selten verspürt hatte, zum letzten Mal während
ihrer Reise durch Lothringen, der letzten Reise zu
dritt, zu der sie Laura hatten überreden können. Sie
parkten an einem großen Platz im Zentrum von Nan-
cy. Achim studierte die Landkarte, die er auf der Küh-

lerhaube ausgebreitet hatte, Laura und sie standen
neben dem Auto und sprachen miteinander. Später
haben sie immer wieder versucht zu erklären, warum
Johanna, die mit dem Rücken zur Fahrbahn stand,
sich plötzlich umdrehte, sodass sie den kleinen Jungen mit einer schlafwandlerischen Ruhe am Ärmel
packen und vor dem linken Vorderrad eines Reisebus-
ses bewahren konnte, der bei einem Ausweichmanö-
ver nach links ausgeschwenkt war und den Jungen in
der nächsten Sekunde überrollt hätte. Der Vater des
Jungen, der einige Meter vorausgelaufen war und
dann, als er sich nach seinem Sohn umwandte, um
ihn zu rufen, das Unglück kommen sah, aber zu weit
entfernt stand, als dass er noch hätte eingreifen können, rief immer wieder: mercí, Madame, mercí Madame. Johanna, die zunächst ihr Gespräch mit Laura
einfach fortgesetzt hatte, begriff nur langsam, dass sie
dem Jungen das Leben gerettet hatte. Später fuhren
sie nach Domrémy, in das Geburtshaus von Jeanne
d'Arc, wo Achim sich zu dem Scherz veranlasst sah,
der Titel der Heiligen Johanna gebühre heute der
Kindesretterin Johanna Märtin. Und Johanna, von
dem unbegreiflichen Ereignis immer noch verwirrt
und beglückt, fühlte sich wie das Werkzeug eines
Schutzengels, der sich für diesen einen Augenblick
ihrer bemächtigt hatte. Warum sonst hätte sie sich
vollkommen grundlos umdrehen sollen und außer-

dem, ohne zu überlegen, wissen können, was sie tun musste. Obwohl Laura davon überzeugt war, dass es ihre Augen gewesen waren, die den Schrecken an Johanna weitergegeben hatten, weil sie mit dem Gesicht zur Straße gestanden und, wie der Vater des Kindes, das Unausweichliche hatte kommen sehen, und obwohl Laura auf dieser profanen Deutung des Geschehens bestand, überkam Johanna, auch wenn sie nie mehr darüber sprach, bis heute manchmal der Verdacht, sie sei damals für ein paar Sekunden im Bündnis mit einer anderen Kraft gewesen, von der sie auf eine unvernünftige Art hoffte, dass es sie gab.

Vor ein paar Monaten, es war nicht mehr Herbst und noch nicht Winter, während eines ihrer nächtlichen Streifzüge mit dem Hund, als Bredow gerade eine Platane mit dem Beweis seiner Anwesenheit markierte, drang durch das sanfte Plätschern von Bredows Urinstrahl aus dem Innern des Baumes ein dunkler Ton, wie ein Wort, eine Silbe mit einem Fragezeichen. Na du, sagte Johanna, was ist? Gefällt dir nicht, dass er dich anpinkelt?

Am Morgen in Tegel hatte sie sich, ehe sie in der Sicherheitsschleuse verschwand, noch einmal nach Achim umgesehen, um ihm zum letzten Mal zu winken, und hatte dabei das Gefühl, sein Blick schlinge sich wie ein Seil um ihren Hals, sodass es sie würgte, während sie dem Druck der Menschenschlange hinter ihr nachgab und einfach weiterging. Sie hatte sogar flüchtig daran gedacht umzukehren, die ganze kindische Flucht abzublasen, weil auch ein paar Wochen Mexiko nichts daran ändern konnten, dass sie alt wurde, dass ihrer beider Leben ein für alle Mal seine Richtung genommen hatte und ihre Wünsche nicht mehr die gleichen waren.

Sogar noch in Amsterdam, wo sie umsteigen musste und im Gewirr der hin- und herströmenden Menschenmassen nach dem Pfad suchte, den die seltsamen kleinen Wegweiser ihr vorschrieben, war es ihr noch ganz unwahrscheinlich vorgekommen, dass sie zwölf oder dreizehn Stunden später, wenn es in Berlin und Amsterdam schon tiefe Nacht sein würde, in Mexico City aber erst Abend, dass sie dann tatsächlich auf einem anderen Kontinent landen würde, in einer anderen Jahreszeit, in einer Stadt, in der sie keinen Menschen von Angesicht kannte. Sie hatte ihre Handtasche auf das Transportband vor dem Durchleuchtungsgerät gelegt, ihre Jackentaschen geleert, auf Anweisung die Arme gehoben und sich nach Waffen abtasten lassen, sie hatte im Transitraum nach einer Zeitung gesucht, dabei ihre Reisegefährten für die nächsten Stunden gemustert und war froh gewesen, darunter viele Kinder zu finden, weil sie hoffte, ein

Flugzeug, in dem viele Kinder saßen, bliebe vor einem Absturz eher verschont. Sie hatte sich in die Maschinerie des Flughafens eingeordnet und sich durch die verschiedenen Stationen schleusen lassen, als wären diese Prozeduren nicht der Auftakt zu einer großen Reise, sondern ein Vorgang für sich, ein Spiel oder eine Probe, die sich jederzeit noch abbrechen ließe. Seit mehr als zehn Stunden saß sie nun eingeklemmt auf ihrem Fensterplatz, und obwohl sich um sie herum nichts verändert hatte, nicht die bedrängende Nachbarschaft, das vibrierende Fluggeräusch – nur die Gerüche wechselten je nach den angebotenen Getränken und Speisen –, und obwohl selbst ein Blick aus dem Fenster nichts anderes bot als auch schon eine halbe oder ganze Stunde nach Amsterdam, hatte sie selbst sich mit jeder Minute und jedem Kilometer, die sie sich von Deutschland entfernte, allmählich in eine erwartungsfrohe Reisende verwandelt. Alles war passiert, es war längst zu spät für Entscheidungen, sie musste die Dinge nur noch geschehen lassen. Ihr Nachbar redete gestenreich auf seine Begleiterin ein, und Johanna nutzte die Gelegenheit, die freigewordene Armlehne zu besetzen. Der Mexikaner sprach laut, lauter als vorher, schien ihr, auch sein Lachen klang ungenierter als noch vor ein paar Stunden. Sie versuchte, wenigstens ein einzelnes Wort zu erkennen, einen Namen oder Städtenamen, aber die Laute strömten und gurgelten an ihr vorbei, ohne dass sie sich zusammenhängende Silben herausfischen konnte. Vielleicht hatte er bemerkt, dass sie, wenn auch vergeblich, zugehört hatte, jedenfalls drehte er sich plötzlich zu ihr und sagte mit einem breiten Lächeln: Berlin – schön; seine Begleiterin nickte heftig, formte zur Bestätigung aus Daumen und Zeigefinger ein O und hielt es graziös in die Luft. Während des ganzen Fluges hatten sie, abgesehen von seiner Entschuldigung ganz zu Beginn, kein Wort miteinander gewechselt, was Johanna, allein wegen der Verständigungsschwierigkeiten, recht gewesen war. Er stellte ihr eine Frage, die auf Mexico Ciudad endete, und sie sagte: Si. Sie lachten, und er zeigte auf seine Begleiterin, schlug sich dann selbst mit der flachen Hand gegen die Brust und rief: Mexico Ciudad. Sie lachten noch einmal und nickten einander zu, dann sprach er weiter mit seiner Gefährtin.

Noch eine Stunde und dreiunddreißig Minuten. Sie sah aus dem Fenster; immer noch eine dichte Wolkendecke unter ihnen, aber das Licht, fand sie, hatte sich verändert, heller, fast golden war es jetzt. Aber vielleicht täuschte sie sich, wahrscheinlich täuschte sie sich, denn sie hatte auch das Gefühl, im Flugzeug sei es wärmer geworden, was zumindest unwahrscheinlich war. Und als sie in Amsterdam eingestiegen waren, hatten die Leute um sie herum französisch, deutsch und holländisch gesprochen, und jetzt glaubte sie, nur noch spanisch zu hören, als wären alle Europäer inzwischen verstummt oder wagten nicht mehr, laut zu sprechen, und als hätte sich die Atmosphäre im Flugzeug dem Ziel der Reise schon anverwandelt. Sie war also gewissermaßen schon in Mexiko, während Achim vielleicht gerade einen Espresso trank, den Professor Kreihuber wie immer selbst zubereitet hatte, weil nur ihm, wie er behauptete, die richtige Crema gelang, es auf die richtige Crema des Kaffees aber vor allem ankäme. Sie wusste nicht, ob sie über Kreihubers Crema lachte oder über ihren heimlichen Umgang mit Straßenbäumen oder einfach, weil sie es wirklich gewagt hatte.

Ernst Kreihuber hatte gerade wieder einen unruhigen Blick auf seine Armbanduhr geworfen, als es endlich klingelte. Asmussens, sagte er erleichtert und eilte zur Tür. Es war fünfzehn Minuten nach acht und damit genau die fünfzehnminütige Verspätung, die Claus Asmussen, Doyen der Berliner Germanistik, für gewöhnlich in Anspruch nahm, um sich die gespannte Erwartung seines Auftritts zu sichern. Achim war ihm bei verschiedenen, meistens öffentlichen Anlässen begegnet, zweimal auch schon bei Kreihubers, wusste aber nicht, ob Asmussen sich an ihn erinnerte, und stellte sich darum noch einmal vor, was Asmussen offenbar als einen Zweifel an seinem Gedächtnis empfand und mit der Frage nach der reizenden Johanna beantwortete. Sie sei gerade auf dem Weg nach Mexiko, sagte Achim, aber Asmussen beugte sich schon über die Hand von Annemarie Mendl und überließ es seiner Frau, Achims Auskunft zu kommentieren. Mexiko, beneidenswert, sagte Helga Asmussen und hielt Achim ihre Hand mit einer Unentschiedenheit entgegen, die es ihm überließ, ob er sie küssen oder drücken wollte; er drückte sie. Asmussen widmete den ersten Schluck von seinem Prosecco den hochgeschätzten und liebenswürdigen Gastgebern, denen zu Ehren ihm kein Weg, nicht einmal der an den östlichen Stadtrand, zu weit sei, wobei er nicht verschweigen wolle, dass ihm allein die Kochkunst der verehrten Karin – so hieß Frau Kreihuber – ein hinreichender Grund gewesen wäre, auch das beschwerlichste Abenteuer auf sich zu nehmen. Frau Kreihuber neigte ihren Kopf zur Seite, bedankte sich mit einem Lächeln, das zwischen Stolz und koketter Verlegenheit changierte, als hätte das Kompliment ihrer Schönheit und nicht ihrer hausfraulichen Kompetenz gegolten, und entschwand in die Küche.

Asmussens Komplimente, von denen das für Frau Kreihuber zu den windungsärmeren und somit durchschaubaren gehörte, hinterließen in dem Geschmeichelten immer auch den Verdacht, er könne ebenso gut verspottet worden sein. Johanna, die nahezu unfähig war, Komplimente anzunehmen, hatte auf Asmussens blumige Lobpreisung ihrer Mädchenhaftigkeit einmal geantwortet, falls er damit auf ihren grauen Scheitel anspiele, wolle sie sich entschuldigen; sie hätte es nicht geschafft, sich die Haare zu färben.

Kreihuber goss Prosecco nach. Ortwin Hoppe
lehnte ab, und Frau Kreihubers Schwester Gerti, deren Nachnamen Achim bei der Begrüßung nicht verstanden hatte, hielt ihre Hand entschieden über das
Glas und bedachte ihren Schwager dabei mit einem
eindringlichen Blick, der heißen konnte: du weißt
doch, was sonst passiert. Schon vor einigen Monaten
hatte Kreihuber erzählt, dass die Schwester seiner
Frau, die von ihrem Mann völlig unerwartet und auf
sehr unanständige Weise, wie er es nannte, verlassen
worden sei, vorübergehend bei ihnen wohne und
nun sogar überlege, ob sie ihr Haus in der Nähe von
München verkaufen und sich in Berlin niederlassen
wolle.

Was macht Ihr Hund? Ist der auch auf dem Weg
nach Mexiko, fragte Helga Asmussen.

Claus Asmussen hatte sich mit Konrad Mendl in
eine Fensternische zurückgezogen, Kreihuber befrag-
te das Ehepaar Hoppe gerade nach deren jüngstem
Kind, Annemarie Mendl hörte mit teilnahmsvoller
Miene Gerti zu, und Achim, dankbar, weil Helga Asmussen ihn aus seiner peinlichen Schweigsamkeit erlöste, gab bereitwillig Auskunft über Bredows Aufent-
halt und die Gründe, die Johanna bewogen hatten,
den Hund weder mitzunehmen noch ihn in seiner
Obhut zu lassen, was Helga Asmussen zu einem bissi-
gen Exkurs über die Lebensuntüchtigkeit der Män-

ner im allgemeinen und der Wissenschaftler unter ihnen im besonderen animierte. Sie war wenigstens zwanzig Jahre jünger als ihr Mann, und beide erzählten gern, wie er ihr innerhalb von Sekunden in Liebe verfallen war, als er sie vor dreißig Jahren in einer Erlanger Studenten-Band wild und mit einem entrückten Lächeln im Gesicht auf das Schlagzeug eindreschen sah, ein kindlicher Dämon, in dem Claus Asmussen die Erfüllung seiner heimlichen Sehnsüchte zu erkennen glaubte. Seine Scheidung war ein Skandal, der die akademische Gesellschaft von Erlangen über Jahre empörte, was die beiden nur umso inniger aneinander band. Asmussen und sein Succubus, der Name, den ein Erlanger Scherzbold ihnen damals verpasst hatte, haftete ihnen heute noch an, vielleicht aber nur, weil sie sich hin und wieder selbst so nannten, wohl um die kurze glückliche Zeit ihrer amour fou zu beschwören.

Helga Asmussen schüttelte ihr halblanges, von blonden Strähnen aufgehelltes Haar, durchkämmte es mit gespreizten Fingern schwungvoll von der Stirn bis zum Hinterkopf, eine Geste, die Achim von Laura kannte, und musterte ihn auf eine Weise, die er, obwohl sie dabei lächelte, als herausfordernd, fast feindselig empfand.

Mit euch kann niemand leben, sagte sie, mit Asmussen jedenfalls kann niemand leben, und wenn Ihre

Frau Ihnen nicht einmal zutraut, einen Hund zu betreuen, kann man mit Ihnen auch nicht leben.

Wahrscheinlich hatte sie sich mit ihrem Mann auf dem Weg gestritten, oder sie hatte schon vorher etwas getrunken, anders konnte er sich ihre Vertraulichkeit nicht erklären. Er lachte wie über einen Scherz. Sie sehe zu strahlend und jugendlich aus, als dass er ihre Worte ernst nehmen könne, sagte er.

Ich bin eine ausgehaltene Feministin, das ist eine nicht sehr befriedigende, dafür äußerst kräfteschonende Möglichkeit der Existenz, sagte sie mit einem kalten Blick auf Gerti, die immer noch, inzwischen mit Tränen in den Augen, auf Annemarie Mendl einsprach.

Wussten Sie, dass Ehefrauen von Wissenschaftlern fünfmal häufiger Brustkrebs haben als alle anderen, fragte Helga Asmussen, während Frau Kreihuber die Flügeltür zum Speisezimmer öffnete und endlich zu Tisch bat. Er war erleichtert, als Ernst Kreihuber ihm den Platz zwischen Annemarie Mendl und Bettina Hoppe, in beruhigendem Abstand zu Helga Asmussen, anwies. Er hätte jetzt gern mit Johanna einen Blick getauscht, ein kleines einverständiges Zucken der Brauen über das allgemeine Entzücken angesichts des Tischschmucks aus Frühlingsblumen, den man, wie Frau Kreihuber verkündete, Gerti zu verdanken habe, die berühmt sei für ihr Geschick, in zehn

Minuten ein wahres Kunstwerk von einer Tafel zu decken. Gerti senkte den Kopf, flüsterte etwas von »ja, früher« und suchte nach ihrem Taschentuch. Es gab Möhrencremesuppe mit Ingwer; er hasste Ingwer.

Konrad Mendl fragte, ob jemand schon das neue Buch von Krollberg gelesen habe. Ein ganz grauenvoller Schmarrn, den er sich von der ersten bis zur letzten Seite hätte antun müssen, weil er leichtfertig versprochen hätte, ihn zu rezensieren. Der Lektor müsse ein Ausbund von einem Trottel sein, dass er von den sechshundert Seiten nicht wenigstens dreihundert gestrichen habe.

Die Erwähnung des Namens Krollberg vertiefte den wehmütigen Zug um Asmussens Mund, der nie mehr gewichen war, seit Asmussen die Thomas-Mann-Biografie geschrieben hatte und für vier Jahre als Reinkarnation seines Heros dessen Geist durchdringen und dessen Leiden erdulden musste, sodass er ihn am Ende ebenso hasste wie bewunderte. Das jedenfalls erzählte er damals, nachdem er sein Leben als Thomas Mann beendet, sein eigenes aber kurz darauf infolge eines schweren Herzinfarkts fast verloren hatte und als ein veränderter Asmussen wieder in die Welt zurückkehrte.

Ja, Krollberg, und er berechtigte wirklich einmal zu den schönsten Hoffnungen, sagte Asmussen und schickte ein kleines Seufzen hinterher, wobei die

Wehmut um seinen Mund sich ins Schmerzliche
dehnte.

Claus, rief Konrad Mendl und schwenkte dabei seinen Löffel durch die Luft, Claus, ich habs dir schon
immer gesagt: der Krollberg war schon damals in Erlangen im Grund seines Herzens erzkonservativ. Erinnere dich, der Krollberg war der einzige, der immer
laut gebrüllt hat, wenn Deutschland ein Tor geschossen hat. Uns hats gegraust, und der hat gebrüllt vor
Freude, nur der.

Konrad Mendl war der einzige in der Runde, den
Asmussen als gleichrangig akzeptierte, obwohl oder
auch gerade weil er deutlich jünger und in Erlangen
sogar sein Assistent gewesen war und somit der Glanz
des Schülers auch den Lehrer in warmem Licht erscheinen ließ. Asmussen liebte Mendls sinnenfrohes
bajuwarisches Temperament, vor allem aber seinen
eruptiven Schaffensdrang, dem die akademische
Welt alle zwei Jahre ein dickes Werk über Goethes Er-
weckung in Italien oder die Salons der geistreichen
Jüdinnen in Berlin oder Alexander von Humboldt in
Lateinamerika verdankte. Als Mendl im vergangenen
Jahr den ersten Band einer europäischen Kultur-
geschichte des achtzehnten Jahrhunderts vorlegte,
hatte Achim gehört, wie Kreihuber etwas über *Tinte
nicht halten können* und *geistige Inkontinenz* vor sich hin-
zischte. Auch jetzt, angesichts der kollegialen Ver-

trautheit zwischen Asmussen und Mendl, glomm in Kreihubers Augen der Groll eines gekränkten Kindes, das vom Spiel der Großen ausgeschlossen war; ein Gefühl, das auch Achim seit jeher kannte, nur hatte er damals, als Angestellter im sozialistischen Bildungswesen, selbst entschieden, nicht mitzuspielen, und hatte früh trainiert, jede Zurücksetzung mit dem Hochmut erniedrigter Minderheiten hinzunehmen.

Unter allseitigen Lobsprüchen für die köstliche Möhrensuppe räumten Frau Kreihuber und Gerti die Teller ab. Bettina Hoppe, die sich erbot zu helfen, wurde wieder auf ihren Platz genötigt. Ortwin Hoppe nutzte die Unterbrechung, um Asmussen zu versichern, wie beeindruckt er von dessen Vortrag war, den er vor einigen Wochen in der Akademie gehalten hatte. Allein Ihre Sprache, sagte Ortwin, ich hätte Ihnen noch stundenlang zuhören können. Asmussen wehrte das Lob mit einer resignierten Handbewegung ab. Durch eine kultivierte Sprache aufzufallen sei heute selbst in den gebildeten Kreisen leider kein Kunststück mehr, sagte er in einem Ton, der keinen Zweifel an seinem Leid darüber ließ, und wandte sich wieder Mendl zu, der immer noch über Krollberg herzog: Und jetzt sitzt dieser Kerl ungeniert auf seinem Lehrstuhl in Tübingen und verdummt die Leute, wenn nicht Schlimmeres, nur weil wir ihn damals weggelobt haben, Claus, bis nach Aachen haben wir ihn gelobt, weil wir sein wirres Gerede über die Nation nicht mehr hören wollten. Der hat ja damals schon von der Wiedervereinigung gefaselt.

Aber doch nur, weil er sich während eurer Exkursion nach Prag in eine Ost-Berliner Studentin verliebt hatte, versuchte Annemarie Mendl mit ihrer trägen Stimme, die Achim immer an das zarte Blöken eines Schafes erinnerte, ihren Mann zu besänftigen.

Jetzt hätte Johanna etwas gesagt, dachte er, spätestens jetzt. Wahrscheinlich schon früher, wenn sie zufällig dabeigestanden hätte, als Helga Asmussen sich als ausgehaltene Feministin bezeichnete, aber jetzt bestimmt. Dass Leute wie Krollberg uns im Osten hundertmal lieber waren als jene, die meinten, wir allein hätten hinter der Mauer die Strafe für Auschwitz abzusitzen, hätte sie vielleicht gesagt oder wenigstens, dass Krollberg ja Gott sei Dank recht behalten hätte. Aber Johanna hatte es vorgezogen, ihr Glück in Mexiko zu suchen. Das hatte er gestern zu ihr gesagt, vielleicht fände sie ja in Mexiko ihr Glück, hatte er gesagt, nur so dahin, nicht weil er daran glaubte, noch weniger, weil er es ihr wünschte, sondern vor allem, weil er ihr zu verstehen geben wollte, wie lächerlich es war, wenn eine Frau von Mitte fünfzig auszog, um am anderen Ende der Welt ihr Glück zu suchen. Ach Glück, hatte sie nur gesagt, eigentlich nicht gesagt, eher geseufzt, versetzt mit einem kleinen harten Lachen, ach

Glück, als sei ihr dieses Wort schon vor langer Zeit entfallen und als erinnere sie sich gerade in diesem Augenblick an seinen Klang, ach Glück, und als sei er schuld, dass ihr ein so kostbares Wort bedeutungslos geworden war.

Das Buch über den Niedergang der alten Bundesrepublik muss noch geschrieben werden, hörte er Asmussen sagen, den politischen, geistigen und wirtschaftlichen Niedergang, den uns die Wiedervereinigung beschert hat. Sogar die Franzosen haben inzwischen ein höheres Pro-Kopf-Einkommen als wir.

Achim sah zu Ortwin Hoppe, der ihm gegenübersaß, aber mit ausdruckslosem Gesicht den Blick nach links auf Asmussen richtete. Bettina Hoppe zupfte mit halbgesenktem Kopf angestrengt an einer Weißbrotkruste und steckte die Krümel einzeln in den Mund.

Und hätte die Einheit uns nicht die exzellenten Denker Hoppe und Märtin mit ihren entzückenden Damen beschert, wäre sie ganz und gar unerträglich, sagte Asmussen und hob sein Glas, um es zuerst Bettina Hoppe und Achim, dann Ortwin Hoppe entgegenzustrecken. Erst als die beiden Hoppes Asmussens Geste erwiderten, griff auch Achim unwillig nach seinem Glas, spürte, wie sein Mund sich ein paarmal schnappend öffnete, als hätte er ihm befohlen zu sprechen, und wie er sich wieder schloss, weil der Befehl unvollständig blieb und das Gehirn den Text nicht sendete. Johanna wäre etwas eingefallen. Wenn sie wütend war, konnte sie boshaft sein, und sie wäre wütend gewesen. Aber Johanna suchte ihr Glück ja in Mexiko, während Asmussen ihn zur Belustigung der Mendls und Kreihubers verhöhnte. Exzellente Denker, entzückende Damen. Seine Erregung fuhr ihm bis in die Fingerspitzen, und als er das Glas anhob, um es in Asmussens Richtung zu schwenken, streifte er eine Weinflasche, sodass sie auf die flache Porzellanschale fiel, in der Gertis hellblaue und gelbe Frühlingsblumenköpfe schwammen, bis zu dieser Sekunde geschwommen waren, nun aber platt und bedauernswert zwischen den kantigen Scherben auf dem von Wasser und Wein durchtränkten Tischtuch lagen. Bettina Hoppe und Annemarie Mendl sprangen auf, um Tücher und Küchenkrepp zu holen, stießen im Türrahmen beinahe mit Gerti und Frau Kreihuber zusammen, die heiße Platten mit der Lammkeule und Bündelchen in Speck gewickelter Bohnen in den Händen hielten und angesichts von Gertis ruiniertem Tafelwunder eine nahezu soldatische Kehrtwendung vollzogen und zurück in die Küche liefen. Helga Asmussen blieb sitzen und lachte; hier ginge es ja zu wie im Stummfilm, rief sie Achim zu, der, als fürchtete er, neuerliches Unglück anzurichten, die Hände von sich streckte und wortlos auf das von ihm verschuldete Chaos starrte. Mendl erzählte die Geschichte von einem englischen Lord, der seinen Gast, dem ein ähnliches Missgeschick widerfahren war wie Achim, von seiner Schmach befreite, indem er einen Augenblick später ganz beiläufig das eigene Glas umwarf, was Kreihuber, der inzwischen die Scherben und Blütenköpfe vom Tisch sammelte, nur mit einem grämlichen *Naja* kommentierte.

Assistiert von Ortwin Hoppe, zog Frau Kreihuber trockene Tücher unter die Tischdecke und legte andere darüber, warf dabei Achim aufmunternde Blicke zu und zirpte ständig vor sich hin: *gar kein Problem, nichts passiert, überhaupt kein Problem.* Annemarie Mendl, Bettina Hoppe und Gerti brachten die Lammkeule, Bohnen und das Kartoffelgratin zurück, und dann saßen endlich wieder alle am Tisch. In die erschöpfte Stille hinein fragte Annemarie Mendl, ob gestern denn jemand die Sendung von Oskar Wolke gesehen hätte, und löste damit ein allgemeines Gelächter und Gestöhne aus, in dem sich, wie Achim vermutete, auch noch die Affekte über seine umgestürzte Flasche entluden. Seine Frau sei eine Masochistin, sagte Mendl, er höre sich diesen Schwachsinn schon lange nicht mehr an. Kreihuber schüttelte angeekelt den Kopf, er hasse diesen Menschen, weil der alles niedermache, was er schätze, und alles preise, was ihm zuwider sei; der Mann sei ein Unglück für die deutsche Literatur. Bettina Hoppe, ermutigt durch Ortwins Kopfnicken, sagte, im Vergleich zu anderen Sendungen sei Wolke gestern doch maßvoll gewesen. Sie war Grundschullehrerin, und maßvoll war das Zauberwort, mit dem sich offenbar jedes pädagogische Problem lösen ließ; Fernsehen, Aggressionen, Disziplin, Obhut, Strafe, Belohnung – alles war gut, solange es maßvoll geschah. Und offenbar hatte Bettina Hoppe ein sicheres Gespür für das richtige Maß, denn immerhin hatte sie es mit ihrer Maxime bis zur Direktorin gebracht, was sie wohl zu der tollkühnen Kombination von Oskar Wolke und ihrem Lieblingswort verführt hatte. An Oskar Wolke war gar nichts maßvoll, weder seine krähende, sich vor Erregung oft überschlagende Stimme noch sein ungebändigter, früher einmal leuchtend roter, inzwischen ergrauter Haarschopf, schon gar nicht seine literarischen Urteile, die er aufgeregt wie ein gackerndes und flügelschlagendes Huhn seinem faszinierten Publikum vortrug und die nur an den äußersten Polen einer möglichen, für Wolke aber offenbar unmöglichen Bewertungsskala angesiedelt waren. Bücher waren gut oder schlecht, langweilig oder hochinteressant. Wahrscheinlich war es sogar vor allem seine clowneske Erscheinung, der Wolke seinen medialen Erfolg und damit seine Macht verdankte. Gerade weil diesem zappelnden und kreischenden Männchen niemand zugetraut hatte, dass er eines Tages über Leben und Tod von Büchern, vielleicht sogar einiger ihrer Verfasser, entscheiden würde, gerade weil er seinen Ruhm als Clown und nicht als Scharfrichter erworben hatte, durfte er nun zum Amüsement seines Publikums wie ein Scharfrichter walten. Aber außer Bettina Hoppe schien nur er, Achim, das Phänomen Oskar Wolke leidenschaftslos zu betrachten. Kreihubers professorales Getue, dem er seit Jahren ausgeliefert war, quälte ihn erheblich mehr als Wolkes groteske Anmaßung, die er ganz folgenlos ignorieren konnte.

Der Oskar wird der deutschen Literatur nie verzeihen, dass er sie nicht hat studieren dürfen, sagte Mendl, Autodidakten sind immer unberechenbar.

Der Literatur verzeiht er vielleicht. Uns verzeiht er nicht, dass wir sie studiert haben, sagte Asmussen.

Warum hat er eigentlich nicht studiert, fragte Bettina Hoppe.

Asmussen seufzte leise. Ein normales deutsches Nachkriegsschicksal, sagte er, der Vater gefallen, er selbst verwundet, hat wohl lange im Lazarett gelegen, war außerdem das älteste von vier Kindern, die Mutter Putzfrau bei den Amerikanern, nicht ungewöhnlich für die Zeit, im Einzelnen aber doch schmerzlich.

Kreihuber protestierte. Die Geschichte von Wolkes

putzender Mutter könne er schon nicht mehr hören. Er selbst käme aus einer Flüchtlingsfamilie, sein Vater Invalide, die Mutter Verkäuferin in einer kleinstädtischen Drogerie, aber die Familie hätte das letzte Hemd für sein Studium gegeben.

Ich finde ja immer, dass Autodidakten überhaupt nicht urteilssicher sind, sagte Annemarie Mendl, ließ ihren fragenden Blick von einem zum andern kreisen und blieb schließlich an Asmussen hängen. Wolke ist doch nur sicher, wo die Geschichte längst ihr Urteil gesprochen hat; das stimmt doch, Claus?

Achim dachte, dass sie mit ihrer Schafsstimme solche Sachen besser nicht aussprechen sollte, schluckte sein letztes Stück Fleisch halbzerkaut herunter und sagte entschiedener als beabsichtigt: Sein Aufsatz in der Rundschau über Kleist war vorzüglich.

Den kenne er auch, behauptete Ortwin Hoppe, enthielt sich aber eines Urteils.

Tja, sagte Mendl, ab und zu muss der Oskar uns einfach beweisen, dass er, was wir können, allemal kann und dass er obendrein noch ein Fernsehheld sein kann.

Annemarie Mendl wollte nicht aufgeben und bestand darauf, dass Wolke ihr doch immer vorkäme wie ein Dilettant, wurde aber von Kreihuber an der weiteren Beschreibung ihres diesbezüglichen Gefühls gehindert. Man wolle die Sendezeit dieses Tunichtguts nun nicht selbst noch verlängern, befand er und reichte Helga Asmussen die Dessertschüssel.

Mousse au Chocolat, von Gerti zubereitet, sagte Frau Kreihuber.

Wie auf Verabredung sprachen jetzt alle nur noch mit ihren Nachbarn, nur Ortwin suchte an Gerti vorbei das Gespräch mit Asmussen. Achim fragte Bettina Hoppe nach ihren Kindern und überließ die weitere Unterhaltung ihr. Es war zwanzig Minuten nach zehn. In einer Viertelstunde würde Kreihuber seinen Espresso mit der einzigartigen Crema ankündigen, und spätestens um elf würde jemand, vermutlich Asmussen, das Signal zum Aufbruch geben, und dann dürfte er endlich nach Hause fahren, in die leere Wohnung, in der er allein sein würde mit diesem seltsamen Tag, der, wie in einen Nebel gehüllt, hinter ihm lag und der ihn an einen anderen Tag erinnerte, der fast dreißig Jahre zurücklag, ein Dienstag, an dem sein Vater ihn angerufen und mit einer fremden, fast flüsternden Stimme gesagt hatte, dass seine Mutter tot war. Er war erst am Mittwoch nach Stralsund gefahren. Den ganzen Dienstag lief er durch die Stadt, die ihm damals noch fremd war, an diesem Tag aber die vertraute Welt der Lebenden, aus der seine Mutter, die so selbstverständlich zu seinem Leben gehört hatte wie er selbst, gelöscht war. An einer Bude neben dem Bahnhof Friedrichstraße

aß er Kartoffelpuffer; es war das Jahr, in dem irgendwo eine Fleischfabrik abgebrannt war und darum an
allen Würstchenbuden Kartoffelpuffer verkauft wurden. In einer Gartenkneipe am Friedrichshain trank
er zwei Bier. Er aß und trank und lief und versuchte
zu verstehen, was er wusste: dass die Lenksäule eines
Autos den Brustkorb seiner Mutter durchbohrt hatte und sie darum tot war. Obwohl die Welt ja die gleiche sein musste wie gestern und vorgestern, sah sie
anders aus, weil sein Platz in ihr ein anderer geworden war. Seine Mutter war fünfundfünfzig, als sie
starb. Er war auf den Abschied nicht vorbereitet. Er
dachte, dass ihre Anrufe und übertriebene Sorge,
die er oft nur mürrisch hingenommen hatte, ihm
fehlen würden und dass es zu spät war, ihr das zu sagen, auch dass ihm ihre Vorliebe für gewagte Dekol-
letés oder ihr ungeniertes lautes Lachen in der Öf-
fentlichkeit längst nicht mehr peinlich waren, dass
er ihren Schweinebraten mit Semmelknödeln liebte,
dass er sie überhaupt liebte. Und nun war es zu spät
für alles, unwiderruflich. Den ganzen Tag war er gegen die Endgültigkeit angelaufen, an diesem Dienstag vor fast dreißig Jahren. Wie heute.

Nur dass Johanna noch lebte.

Sie können mich an meinem großen roten Hut erkennen, hatte Natalia geschrieben. *»Oh große Ränder an meiner Zukunft Hut«? Kennen Sie das Gedicht von Meret Oppenheim? Mein Gott, was plötzlich alles wieder auftaucht, aber nur diese eine Zeile fällt mir ein, den Rest habe ich vergessen. Die schöne begabte Meret. Sie war stiller als Leonora, nicht so wild, aber genauso verrückt. Anlässlich einer Abendgesellschaft soll sie sich den Hut eines Gastes gegriffen und ihn vor aller Augen als Nachttopf benutzt haben. Und als sich Leonora eines Abends in einem der elegantesten Pariser Restaurants die Schuhe auszog und ihre Füße anmutig mit Senf bestrich, als wären sie kleine zarte Schweinshaxen, war ich selbst dabei. Was habe ich sie für diesen phantastischen Unfug bewundert! Ach ja, meine Liebe, ich werde also einen breitrandigen roten Hut tragen, damit Sie mich gleich finden. Und passen Sie bis dahin gut auf Ihr Gepäck auf, am Flughafen sind die Räuber besonders erfinderisch. Wir werden dann mit einem Taxi zu Marianna fahren. Gestern, als wir auf dem Markt waren, um für Ihren Empfang einzukaufen, bestand Marianna darauf, selbst zu fahren, obwohl sie* *noch schlechter sieht als ich. Ihr Auto ist uralt und hat keine Klimaanlage. Ich war vom Einkauf und Mariannas Fahrkünsten völlig echauffiert und hatte darum mein Fenster geöffnet. Als wir an einer roten Ampel halten mussten, sah ich plötzlich, wie hinter Mariannas Fenster ein junges, wenngleich ungemein grimmiges Gesicht auftauchte, während in derselben Sekunde etwas Hartes gegen meine Schläfe gedrückt wurde. Als ich mich umwandte, sah mich, wie ein Spiegelbild, ein ebenso junges und ungemein grimmiges Gesicht an und forderte etwas, das ich in meinem ersten Schrecken nicht verstand, was aber nach Lage der Dinge nur Geld sein konnte. Wir hatten alles bis auf den letzten Peso ausgegeben, was meine Schuld war, weil ich mich angesichts all dieser Köstlichkeiten nicht hatte beherrschen können und zum Schluss auch noch unbedingt eine mit herrlichen Sonnenblumen bestickte Tischdecke kaufen musste. Wenn wir ihnen nichts geben, bringen sie uns um, flüsterte Marianna. Gott sei Dank fiel mir noch rechtzeitig meine Kette ein, die ich immer unter meinem Hemd trage. Dieses Kettchen mit einem diamant- und smaragdbesetzten Amulett hatte mir meine Patentante, die Fürstin Anastasia Tatschitschewa, geschenkt, als meine Familie nach Deutschland fliehen musste. Eines Tages wird sie dir das Leben retten, hatte sie mir mit heißem Atem ins Ohr geflüstert, während sie mir die Kette im Nacken verschloss. Jahrzehntelang habe ich darauf gewartet, dass sich ihre Prophezeiung erfüllt. Nicht einmal während meiner lebensgefährlichen Flucht von Frankreich nach Mexiko, als*

ich in Paris auf einen fahrenden Zug nach Marseille auf-
springen musste, den letzten, der mich pünktlich zum Schiff
bringen konnte, hätte mir die Kette von irgendeinem Nutzen
sein können. Und gestern nun, als es endlich soweit war,
hätte ich sie beinahe vergessen. Ich gab dem jungen Räuber
das kostbare Stück leichten Herzens, da ich ja schon immer
darauf vorbereitet war, die Kette um den Preis meines Lebens
zu verlieren, und sie mir all die Jahre, auch wenn ich kaum
noch an sie dachte, wie eine nicht getilgte Schuld am Hals
gehangen hat. Als an der Ampel endlich wieder das grüne
Licht aufleuchtete, war der ganze Spuk vorbei, und wir fuh-
ren weiter, was nun wirklich lebensgefährlich war, weil die
arme Marianna am ganzen Leibe zitterte. Ich aber, das kön-
nen Sie mir glauben, war überaus heiter, ja, sogar glücklich,
weil sich das Orakel meiner Tante Nastja, der die Bolsche-
wiki übrigens kurz nach unserer Flucht den Schädel einge-
schlagen haben, doch noch erfüllt hat.

Ach, meine Liebe, wunderbare Dinge werden Sie hier erle-
ben, Sie werden sehen, ich verspreche Ihnen nicht zuviel.

Johanna war sich nicht sicher, ob sie einen Raubüberfall, selbst wenn er sie nicht mehr kosten würde als
Geld und Schmuck, für ein wunderbares Erlebnis halten könnte, obwohl, jedenfalls nach Natalias Schil-
derung, diese Aussicht doch einen gewissen Reiz enthielt. Der Mensch muss dankbar sein für jedes
Erlebnis, zur Not auch für das schlechte, war eine

von Ellis Lebensformeln, als sie alle noch hinter der martialischen Mauer gesessen und von der Welt geträumt hatten. Elli behauptete, die ganz unnatürliche Abwesenheit von Gefahren deformiere die Menschen und langweile sie sogar. Bis vor ein paar hundert Jahren, also einer paläoanthropologisch gesehen lächerlich kurzen Zeit, seien alle Menschen, auch die europäischen, gefährdet gewesen, zu verhungern, zu verdursten, zu erfrieren, von Tieren gefressen, von Epidemien dezimiert, von Menschen erobert, versklavt und hingeschlachtet zu werden, weshalb der heutige Mensch, als Ergebnis der evolutionären Auslese, ein hochentwickelter Gefahrenbewältiger sei, dessen Gehirn darauf trainiert sei, Gefahren zu erkennen und auf sie zu reagieren, und der sich, ließen sich wirkliche Gefahren nicht identifizieren, eben auf kleine oder Scheingefahren stürze und so eine der landläufigen Hysterien anzettele, denen man inzwischen nicht einmal mehr ordentliche Namen zubillige, sondern nur noch Formeln aus Buchstaben und Zahlen. Leben hat einmal die Überwindung von Gefahren bedeutet, sagte Elli, sogar für Kaiser und Könige, und darum müssen die Menschen aus den gefahrenarmen Zonen heute so viel über den Sinn des Lebens nachdenken oder an den Katastrophen in Afrika und Asien partizipieren, womit sie für sich selbst eine Gefahr und zugleich auch noch ihre Überwindung simulieren können, weil sie ja lebendig und satt in ihrer Sofaecke liegen, sagte Elli. Aber sie zählen die Toten mit, als wäre es ihre eigene Katastrophe; am Abend waren es noch zehntausend, in den Morgennachrichten schon fünfzehntausend, hören sie mit atavistischem Schauder und feiern ihr eigenes Überleben.

Wahrscheinlich hatte Elli recht; für einen, der um sein Leben kämpfen muss, besteht der Sinn des Lebens im Überleben, für den ist jeder gewonnene Tag ein Triumph. Wir verdursten und verhungern nicht mehr, wir werden nicht von wilden Tieren gefressen, seit sechs Jahrzehnten kommen wir nicht einmal mehr in Kriegen um, höchstens bei Verkehrsunfällen, schlimmstenfalls können wir Opfer von Raubmördern und Triebtätern werden. Den meisten von uns aber drohen nur noch Krankheiten und Alterstod, was dazu führt, dass sich unser, wie Elli behauptet, auf Gefahrenabwehr programmiertes, aber in unserem europäischen Alltag in dieser Hinsicht unterfordertes und gelangweiltes Gehirn unausgesetzt mit dem Aufspüren drohender Krankheiten, Krankheitserreger, -überträger und -vorboten und mit dem Entwerfen lückenloser Schlachtordnungen zu deren Vernichtung beschäftigt. Elli hat recht, dachte Johanna, es war idiotisch, sich Jahr für Jahr in alle Körperöffnungen gucken zu lassen, um darin nach irgendeinem Krebs zu suchen, den sie vielleicht nie in ihrem

211

Leben kriegen würde, sondern einen ganz anderen, nach dem sie gerade nicht hatte suchen lassen, weil es neunundneunzig oder noch mehr Krebsarten gab, von denen sich, wenn sie alt genug würde, sicher einer in ihr einnisten wird. Und wenn nicht, hätte sie damit nur die Chance erobert, zu den drei von vier Neunzigjährigen zu gehören, die in dementen oder Alzheimerschen Zuständen dahinvegetierten, worin sie keinen Vorteil erkennen konnte. Welchen Sinn hatte es überhaupt, das Leben zu verlängern, wenn man es schon bei bester Gesundheit wie ein gerade noch beschwerdefreier Kranker verbrachte und seine kostbare Zeit als kerngesunder Mensch in den Wartezimmern von Ärzten vertrödelte. Und wenn sie Elli richtig verstanden hatte, blieb das Maß der empfundenen Gefahr ohnehin gleich, ob es nun von der Atombombe, einem feinstaubverbreitenden rauchenden Nachbarn, verirrten hungrigen Bären oder einem in ungewisser Zukunft möglicherweise mutierenden und dann auch für den Menschen gefährlichen tierischen Virus herrührte, weil an dem Urgrund für all diese Angst, unserer Sterblichkeit, einfach nichts zu ändern war und der Tod in jedem Winkel des uns umgebenden Lebens lauerte und somit das Leben an sich lebensgefährlich und zum Fürchten war. Es gab ja die unglaublichsten Todesarten. Sie hatte sogar schon von einem Mann gehört, der an einem zu großen Stück einer zu heißen Bockwurst zu Tode gekommen war. Für den Fall, dieser Mann hätte sich in den Monaten davor den Peinlichkeiten verschiedener vorsorglicher Krebsuntersuchungen ausgesetzt und sich vielleicht auch noch unter großen Leiden das Rauchen abgewöhnt, müsste man sagen, dass er sich seine letzte Lebenszeit unsinnig verdorben hat. Vielleicht hätte er sogar, als er in die Kneipe kam und die Bockwurst bestellte, zuerst eine Zigarette geraucht und die Bockwurst für die Dauer des Rauchens liegenlassen, sodass sie währenddessen abgekühlt wäre und der Mann heute noch leben könnte. Gegen so einen ordinären, durch eigene Gier verschuldeten und niemandem dienlichen Bockwursttod war der Raubüberfall, von dem wenigstens die Räuber einen Gewinn davontrugen, ein exklusives theatralisches Ereignis, das Natalia zudem eine Geschichte beschert hatte, die sie nun bis an ihr Lebensende erzählen konnte.

Noch fünfzehn Minuten. Im Flugzeug war es wieder still geworden, die Tische und Sitze hochgeklappt, die Gurte angelegt, die Stewardessen schritten mit prüfenden Blicken nach links und rechts die Reihen ab. Wenigstens eine Stunde müsste sie für die Einreise rechnen, hatte Natalia geschrieben. Das Fluggeräusch veränderte sich, als hielte die Maschine plötzlich den Atem an. Johanna faltete die Hände.

Nicht jetzt noch, nicht so kurz vor dem Ziel, dachte sie, ließ sich aber von dem dann einsetzenden gleichmäßigen, gedämpften Dröhnen wieder beruhigen und ergab sich dem sanften Abwärtsschweben des Flugzeugs, das zielstrebig auf die mexikanische Erde zusteuerte.

Für morgen waren sie bei Gustavo Eisermann zum Kaffee eingeladen. *Auch ohne Gustavo wäre sein Haus einen Besuch wert,* schrieb Natalia, *jeder Zentimeter ist mit Kunst behängt, eigener und fremder, auch einige Bilder von Leonora, die sie ihm geschenkt hat. Sogar unter der Glasplatte auf dem Tisch liegen Bilder.*

Natalia vermutete, dass Gustavo viel mehr über Leonora wusste, als er ihr bisher erzählt hatte. Immerhin waren sie zwanzig Jahre lang Freunde gewesen, ehe Leonora ihn wegen dieser frauenfeindlichen Bemerkung aus ihrer Wohnung geworfen hatte. Aber bis dahin hatte er sich an jedem Sonntag um sieben Uhr mit zwei oder drei anderen Freunden in Leonoras Küche eingefunden und Lasagne von Papptellern gegessen, ein Detail, das Natalia allerdings nicht glauben wollte. Und morgen würde sie schon selbst bei Gustavo Eisermann in der Colonia Roma sitzen und Kaffee oder Tee trinken, alte Fotos ansehen und Gustavo bitten, noch einmal zu erzählen, wie Leonora eine Stierkampfarena verlassen musste, weil sie lauthals Partei für den Stier ergriffen hatte. Den Sonntag hatte Natalia für den Chapultepec-Park vorgesehen, wo Johanna unbedingt nach dem jungen Parkplatzwächter suchen wollte, von dem sie vor ein paar Tagen gelesen hatte. Elli hatte ihr den Artikel einer mexikanischen Schriftstellerin geschickt und die Zeile »…und wie neunzig Prozent der Mexikaner hält er sich selbst für glücklich« rot unterstrichen; an den Rand hatte sie geschrieben: da kannst Du Deine Glücksstudien endlich an Menschen statt immer nur an Deinem Hund betreiben. E.

Der junge Parkplatzwächter, als intelligent, ehrlich und freundlich beschrieben, hatte diesen Posten von seinem Großvater geerbt, der sich eines Tages eine Mütze aufgesetzt, eine Trillerpfeife umgebunden und auf ein zum Parken taugliches Gelände am Chapultepec-Park gestellt hatte und seitdem über einen zwar illegalen, aber trotzdem vererbbaren Arbeitsplatz verfügte. Sein Enkel hatte schon zwei Kinder gezeugt, war nicht sozialversichert, stand jeden Tag auf seinem Parkplatz und hielt sich für glücklich.

Außer Natalia und ihren Freunden war dieser Junge nun der einzige Mensch in Mexico City, von dem Johanna etwas wusste. Sogar seinen Namen, Chucho, kannte sie, falls die Autorin ihn für ihren Artikel nicht verändert hatte. Johanna wollte ihn unbedingt finden und sehen, wie Chucho die Autos in die Parklücken einwies, das Geld entgegennahm und seinen

Kunden einen schönen Tag wünschte; ob er wirklich glücklich war oder wenigstens glaubte, dass er glücklich war.

Endlich, die Räder setzten auf, einmal, zweimal, das Flugzeug stemmte sich gewaltig gegen die eigene Kraft. Johanna krampfte die Finger ineinander und stieß ihre Füße gegen die Verstrebung unter dem Vordersitz, als könnte sie das Flugzeug so eher zum Stehen bringen. Achtzehn Uhr fünfundfünfzig, auf die Minute genau. Draußen dämmerte es schon. Weiße, gelbe und blaue Lichter markierten die Start- und Landebahnen. Wie überall auf der Welt, dachte sie, natürlich wie überall, was denn sonst.

In Deutschland war es jetzt zwei Uhr in der Nacht, Achim sicher längst wieder zu Hause, wenn er auf dem Heimweg von Kreihubers nicht noch irgendwo eingekehrt war. Er wird nach Hause gefahren sein, dachte sie, er kannte auch niemanden, jedenfalls kannte sie niemanden, mit dem er sich mitten in der Nacht hätte verabreden können. Er wird nach Hause gefahren sein und sich, wie immer nach abendlichen Unternehmungen, im grellen Schein der Halogenleuchte noch einmal seiner wahren Natur vergewissert haben, ein moderner Kentaur, halb Schreibtisch, halb Mann. Für eine Weile wird er sie vermisst, dann aber über seiner Lektüre vergessen haben, dass sie heute nicht nebenan im Bett lag und las oder schon schlief. Und Bredow? Der lag auf seinem Schaffell, das sie ihm mitgegeben hatte, vor der Schlafzimmertür von Hannes Strahl. Ein paar Tage würde er darauf warten, dass sie zurückkäme, und sich dann damit abfinden, dass nun Hannes, seine Frau, die Pferde, Ziegen und Katzen sein Rudel waren. Bei dem Gedanken, Bredow könnte sie nicht vermissen oder, wenn sie ihn in einiger Zeit wieder abholte, nicht erkennen oder sich von Hannes und dem Hof nicht trennen wollen, bei dem Gedanken hätte sie, wäre sie jetzt allein gewesen und nicht eingepfercht in eine Flugzeugladung schwitzender, müder Menschen, die ungeduldig darauf warteten, den Passkontrolleuren die Rechtmäßigkeit ihres Einreisewunsches zu beweisen, bei dem Gedanken hätte sie in ungehemmtes Weinen ausbrechen mögen.

Señora, por favor! Eine Uniformierte, deren gewaltiges Hinterteil seltsam zu ihrer gänzlich unbewegten Miene passte, wies Johanna mit einer müden Handbewegung einen Kontrollschalter zu. Der junge Mann blätterte in dem Pass, schob ihn wieder zurück, sagte etwas, wovon Johanna nur das Wort bueno oder buenos verstand. Und dann lag zwischen Natalia und ihr nur noch die zweiflügelige Tür, über der auf einem weißen Leuchtkasten in roten Buchstaben das Wort EXIT zu lesen war. Johanna stieß mit der linken

Schulter die Tür auf, mit der rechten Hand zog sie ihre schwere, beräderte Reisetasche hinter sich her wie ein lahmes Tier. Aus einer Wand von fremdartigen Gesichtern mit dunklen Augen leuchtete ein breitkrempiger knallroter Hut. Oh große Ränder an meiner Zukunft Hut.

Monika Maron
Endmoränen
Roman
Band 15454

»... wir alle hatten plötzlich das Gefühl, daß unser wirkliches Leben erst beginnt. Und jetzt, ein paar Jahre später, hat mich die Ahnung, eher die Furcht befallen, es könnte schon wieder vorbei sein mit dem eigentlichen Leben, weil es zu spät angefangen hat, weil wir gar nicht mehr dran sind mit dem richtigen Leben, sondern daß für uns bald diese öde lange Restzeit beginnt, zwanzig oder dreißig Jahre Restzeit ...«
War das Glück immer nur eine Illusion davon? Johanna versucht ihren biografischen Standort zu bestimmen, rückblickend, vergleichend und ratlos, was die vor ihr liegende Zeit angeht.
Monika Maron hat mit ihrem klugen und nachdenklichen, zuweilen auch sehr komischen Roman über das Altern und eine typische Generationserfahrung einen Bogen zur Welt Tschechows gespannt.

Fischer Taschenbuch Verlag

Monika Maron
**Wie ich ein Buch nicht schreiben kann
und es trotzdem versuche**
Band 16664

Warum scheint ihr das Schreiben über das Schreiben intimer
als das Schreiben einer erotischen Liebesszene? Diese Frage
ist gleichsam der Eröffnungszug in Monika Marons spannen-
dem Spiel der Suche nach einem tragfähigen Konstruktions-
modell für einen neuen Roman. Von der Annäherung an
einen neuen Text, von poetischen Vorstellungen und literarischen Kompositionsfehlern, vom Gelingen und Mißlingen
des Schreibens erzählt Monika Maron witzig, klug und
selbstkritisch in ihrer Frankfurter Poetikvorlesung.

»... ein souveränes und
ironisches Werkstattgespräch mit sich selber ...
ein Zwiegespräch mit der Ich-Erzählerin des letzten
Romans ... ein fulminanter Text.«
Volker Breidecker, Süddeutsche Zeitung

Fischer Taschenbuch Verlag

Monika Maron

Flugasche
Roman
Band 2317

Das Mißverständnis
Vier Erzählungen
und ein Stück
Band 10826

**Nach Maßgabe meiner
Begreifungskraft**
Artikel und Essays
123 Seiten. Broschur.
S. Fischer und Band 12728

Stille Zeile Sechs
Roman
219 Seiten. Leinen.
S. Fischer und Band 11804

Die Überläuferin
Roman
221 Seiten. Leinen.
S. Fischer und Band 9197

Animal triste
Roman
240 Seiten. Leinen.
S. Fischer und Band 13933

Pawels Briefe
Eine Familiengeschichte
208 Seiten. Leinen.
S. Fischer und Band 14940

quer über die Gleise
Essays, Artikel, Zwischenrufe
159 Seiten. Broschur.
S. Fischer 2000

Herr Aurich
Erzählung
64 Seiten. Pappband.
S. Fischer 2001

Endmoränen
Roman
256 Seiten. Geb.
S. Fischer und Band 15454

Ach Glück
Roman
224 Seiten. Geb.
S. Fischer 2007

Fischer Taschenbuch Verlag

fi 555 014 / 3